NAUFRAGE

DE

LA FRÉGATE FRANÇAISE

LA MÉDUSE.

PARIS,

Vᵉ DEMORAINE ET BOUCQUIN,

Libraires, successeurs de TIGER, rue du Petit-
Pont, n. 1S.

AU PILIER LITTÉRAIRE.

Naufrage de la Frégate Française la Méduse.

De cent cinquante délaissés, quinze seulement furent sauvés mais cinq n'ont pu survivre.

TABLEAU

DE L'HORRIBLE NAUFRAGE

DE

LA FRÉGATE FRANÇAISE

LA MÉDUSE,

Contenant un détail exact de tous les malheurs qui suivirent la perte de ce Navire, et de toutes les scènes déchirantes qui eurent lieu sur le Radeau, où s'étaient réfugiés 150 des gens de l'Équipage.

PAR C*** D***

Horresco referens.

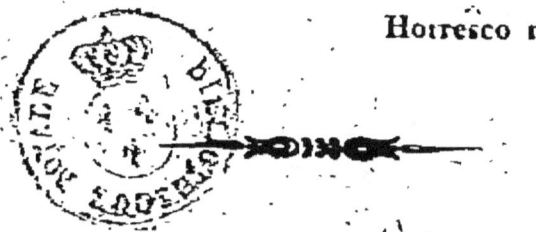

PARIS,

Vᵉ DEMORAINE ET BOUCQUIN,

Libraires, succᵉˢ de TIGER, rue du Petit-Pont, nᵒ. 18,

AU PILIER LITTÉRAIRE.

1826

NAUFRAGE

DE LA FRÉGATE

LA MÉDUSE.

————◦◦————

On sait que les établissemens que les Français avaient sur la côte occidentale de l'Afrique, depuis le Cap-Blanc jusqu'à l'embouchure du fleuve de Gambie, tombèrent en 1808 au pouvoir des Anglais. Ces établissemens leur ayant été restitués par les traités de Paris de 1814 et de 1815, le Ministre de la Marine prépara une expédition de quatre voiles, pour le Senégal. Elle était composée de plus de 365 individus, dont 240 environ furent confiés à la frégate *la Méduse.*

Le 17 juin 1816, à 7 heures du matin, l'expédition, sous les ordres de M. de Chaumareys, capitaine de frégate, partit de la rade de l'île d'Aix. Les navires qui en faisaient partie, étaient la frégate *la Méduse*, de 44 canons, commandée par M. de Chaumareys ; la corvette *l'Echo*, la flûte la *Loire*, et le brik *l'Argus*.

Le 21 ou 22, l'expédition doubla le cap du Finistère. Le 25, elle louvoya pendant la nuit ; le 28, elle aperçut très-distinctement les îles de Madère et de Porto-Santo, et passa devant Funchal et Sob.

Dans la nuit du 29 juin, le feu prit dans l'entrepont de la frégate, mais des secours portés à temps, arrêtèrent l'incendie. Le lendemain et pendant la nuit, le même accident se renouvela, et on fut obligé, pour arrêter les progrès du feu, de démolir le four.

Le 1er juillet, les Français reconnurent le cap Bayados, d'où ils aperçurent les bords de l'immense désert de Sahara.

Ce même jour l'expédition passa le tropique, où les équipages, selon la coutume, se livrèrent aux burlesques cérémonies du *baptême* et de la distribution des dragées du *bonhomme Tropique*. C'était pendant ces jeux, qui durèrent trois heures, que *la Méduse* courut à sa perte. M. de

Chaumareys cependant présidait à cette farce, avec une rare bonhommie, tandis que l'officier, dans lequel il avait mis sa confiance, nommé Richefort, se promenait tranquillement sur l'avant de la frégate, jetant un œil indifférent sur une côte hérissée de dangers qui échappèrent sans doute à sa pénétration, qu'on eut lieu de soupçonner un peu bornée.

La frégate se trouva alors pleinement engagée dans le golfe Saint-Cyprien dont le fond est parsemé de rochers qui, dans la basse mer, ne permettent pas même aux petits brigantins de passer par-dessus. L'insouciance et l'ignorance des chefs leur avaient fait oublier les précautions les plus ordinaires : ils étaient sourds aux cris d'hommes plus instruits qui disaient, à qui voulait l'entendre, qu'on allait se jeter à la côte, ou tout au moins sur le banc d'Arguin, qui s'étend à plus de 30 lieues au large. On aurait dû alors gouverner dans la direction de l'ouest, pendant 40 lieues environ pour gagner le large et doubler avec certitude et sûreté le banc d'Arguin, et de là on aurait repris la route du sud qui est celle du Sénégal, et le banc se trouvait alors complètement évité. On est d'autant plus surpris de l'hésitation qu'on eut sur la route à suivre, que les instructions du Ministre de la Marine, portaient de courir 22 lieues au large, après avoir reconnu le Cap-Blanc, et de ne venir sur la terre qu'en employant les plus grandes précautions et la sonde à la main. Les autres bâtimens de l'expédition qui gouvernèrent selon cette instruction, parvinrent tous à Saint-Louis sans accident.

Malgré les justes observations de plusieurs personnes éclairées, on ne voulut point changer de direction, et dans l'après-midi du même jour, on recueillit les fruits amers de cette funeste obstination.

Le navire était sur le banc. La frégate en loffant donna presque aussitôt un coup de talon; elle courut encore un moment, en donna un second, enfin un troisième. Son échouement eut lieu le 2 juillet à trois heures un quart de l'après-midi. Cet accident répandit sur la frégate, la plus sombre consternation.

Dès que *la Méduse* fut échouée, l'on disposa tous les objets nécessaires pour la retirer de dessus le banc. Tous les efforts étant devenus inutiles, et la perte du navire devenant certaine, il fallut assurer une retraite à l'équipage. Un conseil fut convoqué, dans lequel le gouverneur du Sénégal donna lui-même le plan d'un radeau susceptible de porter 200 hommes avec des vivres, les six embarcations du bord ayant été jugées incapables de se charger de 400 hommes, dont se composait la plus grande partie de l'expédition. Les vivres devaient être déposés sur le radeau, et aux heures des repas, les équipages des canots seraient venus y prendre leurs rations. On devait tous gagner ensemble les côtes sablonneuses du désert, et là, munis d'armes et de munitions de guerre que devaient prendre les canots avant qu'on sortît de la frégate, former une caravane et se rendre à Saint-Louis. Ce plan, très-bien conçu, eût été couronné de succès; mais il en fut autrement, et les événemens qui eurent lieu dans la suite prouvèrent que, dans des dangers imminens, ce ne sont pas toujours les meilleures décisions qu'on met à exécution.

Cependant tous les moyens employés pour relever la frégate, furent inutiles, à cause de la contrariété du mauvais temps et des vents; et on commença alors à désespérer de pouvoir la retirer de ce danger. Les embarcations furent reparées, et l'on travailla avec activité à la construction du radeau.

Pendant la journée du 4 juillet, on jeta à la mer plusieurs barrils de farine, plusieurs pièces d'eau furent défoncées, et les pompes jouèrent de suite.

Après de nouveaux efforts, *la Méduse* était presque à flot. On ne put cependant continuer les travaux. Les objets qui furent jetés à la mer avaient allégé la frégate. Mais comme on ne prit que des demi-mesures, et qu'il régna dans toutes les manœuvres de l'incertitude et des tâtonnemens continuels, rien ne pouvait empêcher que le navire n'échouat.

Le lendemain on espérait relever le bâtiment; cette espérance s'évanouit bientôt :

la mer commençant à baisser, la quille
reposa alors sur le sable. A la nuit les vents
soufflant avec force, et la mer devenüe
grosse, la frégate donna plusieurs coups de
talon. A chaque instant on s'attendait à la
voir s'entr'ouvrir; la consternation devint
de nouveau générale, et bientôt la certitude fut acquise que le bâtiment était perdu
sans ressource. Il creva au milieu de la nuit;
sa quille se brisa en deux parties, le gou-
vernail se démonta; et l'eau commença à
entrer dans le navire d'une manière ef-
frayante. Aux dangers de la mer, se joignirent bientôt les dangers des passions
soulevées par le désespoir et dégagées de
tout frein par le sentiment impérieux de la
conservation personnelle. Vers les onze
heures, il éclata une espèce de révolte,
suscitée par plusieurs militaires qui persua-
dèrent à leurs camarades qu'on voulait les
abandonner, pendant qu'on s'enfuirait dans
les embarcations; mais on parvint à rétablir
l'ordre. Bientôt après, le radeau entraîné
par la force du courant et de la mer, cassa
l'amarrage qui le retenait à la frégate; on

envoya de suite un canot qui le ramena à bord.

Le 5 juillet, à la pointe du jour, comme il y avait plus de deux mètres d'eau dans la cale du bâtiment, et que les pompes ne pouvaient plus franchir, il fut décidé qu'il fallait évacuer le plus promptement possible, l'eau ayant pénétré jusques dans l'entrepont. On retira à la hâte du biscuit, de l'eau douce et du vin. Ces provisions étaient destinées à être déposées dans les canots et sur le radeau; mais elles ne furent placées ni sur le radeau, ni dans les embarcations; négligence qui provint sans doute de la précipitation avec laquelle on abandonna *la Méduse*. La confusion devint telle, que quelques canots ne sauvèrent pas plus de 25 livres de biscuit, une petite pièce à eau et fort peu de vin; le reste fut laissé sur le pont de la frégate, où jeté à la mer pendant le tumulte de l'évacuation. Le radeau seul eut du vin en assez grande quantité, mais pas une seule barrique de biscuit; si l'on en mit, il en fut débarqué par les soldats, lorsqu'ils s'y placèrent. Pour éviter la confusion, on fit une liste d'embarquement et l'on donna à chacun le poste qu'il devait occuper; mais ces sages dispositions ne furent point suivies.

Le moment arrivé d'abandonner enfin la frégate, on fit d'abord descendre sur le radeau les militaires, qui presque tous y furent placés. On ne leur permit que d'emporter leurs sabres; quelques-uns, cependant, sauvèrent des carabines, et presque tous les officiers des fusils de chasse et des pistolets.

Sans entrer dans le détail du nombre des personnes qui furent embarquées sur la chaloupe et les canots, le radeau fut chargé de 150 individus, savoir de 129, tant soldats qu'officiers de terre, et de 21, tant marins que passagers, et d'une femme.

Plusieurs malheureux furent abandonnés sur la frégate, et lorsque après 52 jours, on eut retrouvé *la Méduse*, il fut vérifié que le nombre de ceux qui y avaient été abandonnés, s'élevait à dix-sept.

On ne peut guère se figurer le spectacle d'une multitude d'infortunés qui tous vou-

laient se dérober à la mort, et qui tous cherchaient à se sauver ou dans les embarcations
ou sur le radeau. L'échelle de la frégate ne
pouvant suffire à l'embarquement de tant
de monde, on se précipitait du haut du navire, se fiant sur un simple bout de corde, à
peine capable de supporter le poids d'un
homme. Quelques-uns tombèrent à la mer,
et furent rattrapés.

La position des malheureux réfugiés sur
le fatal radeau (1), y devint des plus terribles. Il était impossible de s'y remuer,

_____

(1) Nous croyons indispensable de faire connaître
comment était établi ce radeau. Il était composé des
mâts de hune de la frégate, vergues, jumelles,
beaume, etc. Ces différentes pièces étaient jointes les
unes aux autres par de très-forts amarrages. Deux
mâts de hune, formant les deux principales pièces,
étaient placés sur les côtés et les plus en dehors :
quatre autres mâts, dont deux de même longueur
et de même force que les premiers, réunis deux à
deux au centre de la machine, en augmentaient encore la solidité. Les autres pièces étaient comprises
entre ces quatre premières. On cloua par-dessus ce
premier plan des planches qui formaient une espèce

tant on était serré les uns contre les autres.

Vers les sept heures on donna le signal du départ quatre des canots prirent le large. Le grand canot se mit sur l'avant, et le gouverneur s'y fit descendre dans un fauteuil fixé à l'extrémité d'un palan.

---

de parquet. Pour que ce radeau pût mieux résister à l'effort des vagues, on avait placé en travers de longs morceaux de bois qui de chaque côté, dépassaient au moins de trois mètres sur les parties latérales; il y avait une petite drôme pour servir de garde-fou. Sur les extrémités des mâts de hune, on avait frappé deux vergues de perroquet, dont les bouts les plus en dehors étaient tenus par un fort amarrage, et formaient ainsi le devant du radeau. L'espace angulaire résultant de la séparation des deux vergues, était rempli par des morceaux de bois en travers et des planches assujetties : cette partie intérieure n'offrait que très-peu de solidité, et était continuellement submergée. Le derrière ne jouissait pas d'une solidité plus grande; en sorte qu'il n'y avait que le centre sur lequel on pût réellement compter. Ce radeau, depuis une extrémité jusqu'à l'autre avait au moins 20 mètres sur 7 à peu près de large; il était alors sans voile et sans mâture.

L'embarquement fini, le grand canot vint jeter une remorque au radeau, et prit le large avec cette embarcation, deux autres canots vinrent aussi remorquer le radeau, qui s'éloigna bientôt du bâtiment.

M. de Chaumareys s'embarqua ensuite dans son canot, et abandonna la frégate. Aussitôt les cris des hommes qui restaient à bord, redoublèrent, et un officier de terre prit même une carabine pour faire feu sur le capitaine ; on le retint.

La manière dont M. de Chaumareys abandonna tout son monde, acheva de le montrer au — dessous de ses fonctions, ainsi qu'on l'avait jugé durant tout le cours de la navigation. La lâcheté avec laquelle on le vit trahir tous ses devoirs, excita un soulèvement général d'indignation.

Le radeau, tiré par toutes les embarcations réunies, les entraînait un peu en dérive, ce qui détermina ces dernières à l'abandonner. (1) On crut dans les premiers

_____

(1) Il y eut d'autres motifs de cet abandon, qui ne sont point à la louange de ceux qui l'ordonnèrent et de ceux qui l'exécutèrent.

instans que les canots avaient largué, mais
on fut bientôt détrompé en les voyant prendre le large. Tous ceux qui étaient alors sur
le radeau, jurèrent de se venger, s'ils avaient
le bonheur de gagner la côte dont ils étaient
éloignés de 15 lieues, et il n'est pas douteux
que si le lendemain, ils eussent pu joindre
ceux qui s'étaient enfuis dans les embarcations, un combat terrible ne se fût engagé
avec eux.

Après la disparution des embarcations,
la consternation fut extrême sur le radeau.
Tout ce qu'ont de terrible la soif et la faim
se retraça à l'imagination de ceux qui le montaient, et qui avaient encore à lutter contre
un perfide élément qui déjà recouvrait la moitié de leurs corps. De la stupeur la plus profonde, les matelots et les soldats passèrent
bientôt au désespoir; tous voyaient leur
perte infaillible et annonçaient par leurs
plaintes et leurs vociférations les sombres
et funestes pensées qui les agitaient. Les
discours furent inutiles d'abord pour calmer leurs craintes; mais les chefs et quelques autres personnes plus sages qui se

réunirent à eux, à l'aide d'une contenance
ferme, et de propos consolans, parvinrent
peu à peu à dissiper la terreur dont ils
étaient frappés. Lorsque la tranquillité fut
rétablie, on s'occupa de chercher sur le
radeau les cartes, le compas de route et
l'ancre que l'on présumait y avoir été
déposés, lorsque l'on quitta la frégate;
mais on fut trompé dans son attente : ces
objets de première nécessité n'y avaient
point été mis. Le défaut de boussole causa
les plus vives alarmes, et fit pousser des
cris de rage et de vengeance. Mais quel-
qu'un se rappela alors d'en avoir vu un
entre les mains d'un chef d'atelier; ce qui
était vrai. Ce petit compas était dans les
dimensions d'un écu de six livres et très-peu
exact. Il fut remis au commandant du radeau; mais, par un accident funeste, la
fatalité le fit tomber et disparaître entre les
pièces de bois qui composaient le radeau.
Alors on n'eut plus de guides que le lever
et le coucher du soleil.

Comme on était parti du bord sans avoir
pris aucune nourriture, la faim commença

à se faire sentir impérieusement. On mêla la pâte de biscuit mariné avec un peu de vin, et on la distribua ainsi préparée. Un ordre par numéros fut établi pour la distribution des vivres. La ration de vin fut fixée à trois quarts par jour; quant à la distribution du biscuit, elle ne pouvait désormais plus avoir lieu, car elle avait été enlevée entièrement la première fois. Quoi qu'il en fût, la journée se passa assez tranquillement, en s'entretenant des moyens que l'on devait employer pour se sauver; ces moyens paraissaient certains, parce que l'espérance est le dernier sentiment qui s'éteint dans le cœur de l'homme; ce qui ranimait le courage de tous les malheureux embarqués sur la frêle machine, et soutenait celui des soldats qui brûlaient de se venger de ceux qui les avaient ainsi abandonnés.

M. Coudin, qui commandait le radeau, ne pouvant se mouvoir, M. de Savigny, officier de santé, se chargea de faire installer la mâture et la voile.

Nous croyons devoir maintenant laisser parler une des personnes instruites qui étaient sur le radeau, pour donner plus d'intérêt et de rapidité à la narration.

Une pensée consolante, dit-il, berçait encore nos imaginations; nous présumions que la petite division des embarcations avait fait route pour l'île d'Arguin. Cet espoir que nous nous efforçâmes de donner aux soldats et aux matelots, retint leurs clameurs. La nuit arriva sans que nos espérances fussent remplies; le vent fraîchit, la mer grossit considérablement. Quelle nuit terrible et affreuse! L'idée seule de voir les embarcations le lendemain, consola un peu nos hommes qui, à chaque coup de mer, tombaient les uns sur les autres. M. de Savigny, au milieu de ce désordre, fit placer des filières (cordes attachées aux pièces du radeau). Les hommes les prirent à la main, et ayant un point d'appui ils purent mieux résister à l'effort de la lame; quelques-uns furent obligés de s'attacher. Au milieu de la nuit, des vagues extrêmement grosses nous renversaient quelquefois très-rudement. Les cris des hommes se mêlaient au bruit des flots, tandis qu'une mer terrible nous soulevait à chaque instant de dessus le radeau, et menaçait de nous entraîner. Tout à coup nous crûmes, pendant quelques instans, découvrir des feux au large. Mais la vue de ces feux n'était qu'une erreur de vision. Nous luttâmes contre la mort pendant toute cette nuit, nous tenant fortement aux filières qui étaient amarrées. Roulés par les flots de l'arrière à l'avant et de l'avant à l'arrière, et quelquefois précipités dans la mer, flottant entre la vie et la mort; telle fut notre affreuse position jusqu'au jour. L'on entendait des cris lamentables des soldats et des matelots; ils se préparaient à la mort, se fesaient leurs adieux en adressant de ferventes prières à Dieu.

Vers les sept heures du matin, le vent souffla avec moins de fureur; mais quel spectacle déchirant s'offrit à nos regards! des malheureux, ayant les extrémités inférieures engagées dans des séparations que laissaient entre elles les pièces du radeau, n'avaient pu se dégager et y avaient perdu la vie; plusieurs autres avaient été enlevés par la violence de la mer. A l'heure du repas;

nous nous aperçûmes qu'il nous manquait à peu près vingt hommes.

Au milieu de ces horreurs une scène attendrissante vint nous arracher des larmes : deux jeunes gens relèvent et reconnaissent leur père dans un infortuné sans connaissance étendu sous les pieds des hommes ; le croyant d'abord privé de la vie, leur désespoir se signala par les regrets les plus touchans. On s'aperçut néanmoins que ce corps respirait encore ; on lui prodigua tous les secours qui étaient en notre pouvoir. Il revint peu à peu et fut rendu à la vie et aux vœux de ses fils. Tandis qu'ici les droits de la nature et le sentiment de la conservation reprenaient leur empire, nous eûmes bientôt le douloureux spectacle d'un sombre constraste. Deux jeunes mousses et un boulanger ne craignirent pas de se donner la mort, en se jetant à la mer, après avoir fait leurs adieux à leurs compagnons d'infortune. Le moral de nos hommes était singulièrement altéré.

Une scène bien autrement terrible devait avoir lieu la nuit suivante. Jusque là, nous étions persuadés que les embarcations allaient venir à notre secours. Le jour fut beau, et la tranquillité la plus parfaite régna toute la journée sur le radeau. Le soir vint et les embarcations ne parurent point. Le découragement recommença alors à s'emparer de tous nos hommes, et l'esprit séditieux se manifesta par des cris de rage : la voix des chefs fut entièrement méconnue. La nuit survenue, le ciel se couvrit de nuages épais. Le vent se déchaîna et souleva la mer qui, dans un instant, fut extrêmement grosse. Des montagnes d'eau nous couvraient à chaque instant et venaient se briser avec fureur au milieu de nous. Heureusement, ayant vent arrière, la force de la lame était un peu amortie par la rapidité de notre marche, nous courions alors sur la terre. Les hommes, par la violence de la mer, passaient rapidement de l'arrière à l'avant; on fut obligé de se serrer au centre, partie la plus solide du radeau : ceux qui ne purent le gagner, périrent presque tous. Sur l'avant et l'arrière, les lames entraînaient les hommes malgré toute leur résistance. Au centre, le rapprochement était tel, que quelques infortunés furent étouffés par le poids de leurs camarades qui tombaient sur eux à chaque instant.

Les soldats et matelots, effrayés par la présence d'un danger presque inévitable, ne doutant plus qu'ils ne fussent tous arrivés à leur dernière heure, résolurent d'adoucir leurs derniers momens, en buvant jusqu'à perdre raison. En conséquence ils se précipitèrent sur un tonneau qui était au centre du radeau, firent un large trou à l'une de ses extrémités, et avec de petits gobelets de fer-blanc, ils en prirent chacun une assez grande quantité. Les fumées du vin ne tardèrent pas à porter le désordre dans leurs cerveaux. Ces hommes, alors devenus sourds à la voix de la raison, manifestèrent hautement l'intention de se défaire des chefs qui, disaient-ils, voulaient mettre obstacle à leur dessein, et de détruire ensuite le radeau, en coupant les amarrages qui en unissaient les différentes parties. Un instant après un d'eux s'avança sur les bords du radeau avec une hache d'abordage et commença à frapper sur les liens; ce fut le signal de la révolte. Nous nous avançâmes sur les derrières pour retenir ces insensés. Celui qui était armé de la hache, fut la première victime; un coup de sabre le mit hors de combat.

Plusieurs hommes, parmi lesquels étaient quelques sous-officiers et beaucoup de passagers, se réunirent à ceux qui voulaient conserver le radeau, et s'armèrent. Les révoltés tirèrent leurs sabres, et ceux qui n'en avaient pas s'armèrent de couteaux. Ils s'avancèrent sur nous en déterminés; nous nous mîmes en défense. Animés par le désespoir, un des rebelles leva le fer sur un officier; il tomba sur-le-champ percé de coups. Cette fermeté imposa un instant à ces furieux, mais ne diminua rien de leur rage. Ils se retirèrent sur l'arrière pour exécuter leur plan. L'un d'eux se mit à couper les amarrages; nous nous élançons sur lui; un soldat veut le défendre, menace un officier de son couteau, et en voulant le frapper, n'atteint que son habit. L'officier se

retourne, terrasse son adversaire, et le pré-
cipite à la mer ainsi que son camarade; le
combat devint général. Quelques uns criè-
rent d'amener la voile; des insensés se
précipitèrent à l'instant sur la drise et les
haubans et les coupèrent. La chute du mât
faillit casser la cuisse à un capitaine d'infanterie, qui tomba sans connaissance; il
fut saisi par les soldats qui le jetèrent à
la mer. Nous le sauvâmes et le déposâmes
sur une barrique, d'où il fut arraché par les
séditieux qui voulurent lui crever les yeux
avec un canif. Exaspérés par tant de cruau-
tés, nous les chargeâmes avec furie. Le
sabre à la main nous traversâmes les lignes
que formaient les militaires, et plusieurs
payèrent de leur vie un instant d'égare-
ment. M. Corréard, ingénieur géographe,
l'un de nous, entendant à chaque instant
les cris : *Aux armes! à nous, camarades!
nous sommes perdus!* rassembla quelques uns
de ses ouvriers sur l'avant du radeau, et
leur défendit de faire du mal à qui que
ce soit, à moins qu'ils ne fussent attaqués.
Ils eurent plusieurs fois à se défendre contre

les attaques des révoltés qui, tombant à la mer, revenaient par l'avant du radeau; à chaque instant il se présentait des hommes armés de couteaux, de sabres et de baïonnettes. Ils fesaient tous leurs efforts pour les arrêter, en leur présentant la pointe de leurs sabres; et ils furent forcés de se servir sans ménagement de leurs armes. Plusieurs des révoltés les assaillaient avec furie; il fallut les repousser de même. Enfin leurs efforts réunis parvinrent à dissiper ces masses qui s'avançaient sur eux avec rage; pendant ce combat, M. Corréard, averti par un de ses ouvriers resté fidèle, qu'un de leurs camarades, nommé Dominique, s'était rangé parmi les révoltés et qu'il venait d'être précipité dans la mer, oubliant la trahison de cet homme, s'y jette après lui à l'endroit d'où l'on venait d'entendre la voix de ce misérable demandant du secours; il le saisit par les cheveux, et il le ramène à bord. Dominique avait reçu plusieurs coups de sabre dont un entre autres lui avait ouvert la tête. Nous reconnûmes cette blessure, qui nous parut très-considérable. Nos soins ranimèrent ce misérable, qui, dès qu'il eut repris de nouvelles forces, oubliant encore une fois son devoir et le service signalé qu'il venait de recevoir de nous, alla rejoindre les révoltés. Tant de bassesse et de fureur ne restèrent point impunies; et bientôt après il trouva, en nous combattant de nouveau, la mort qu'il eût probablement évitée, si, fidèle à l'honneur et à la reconnaissance, il fût demeuré parmi nous.

Une nouvelle voix se fit entendre : c'était celle d'une malheureuse femme embarquée avec nous sur le radeau et que les furieux avaient jetée à la mer, ainsi que son mari qui la défendait avec courage. M. Corréard touché de compassion, saisit une grande manœuvre qui se trouvait sur l'avant du radeau avec laquelle il s'attacha par le milieu du corps, et se jeta à la mer, d'où il fut encore assez heureux pour retirer la femme qui invoquait de toutes ses forces le secours de Notre-Dame-du-Laus (1), tandis que

(1) Notre-Dame-du-Laus est dans le département des Hautes-Alpes. On y a fait bâtir une église dont

son mari était pareillement sauvé par un chef d'atelier. Nous assîmes ces deux infortunés sur des corps morts, en les adossant à une barrique. Le premier mouvement de la femme, après avoir repris ses sens, fut de s'informer du nom de celui qui l'avait sauvée, et de lui exprimer la plus vive reconnaissance. Se ressouvenant qu'elle avait dans sa poche un peu de tabac mariné, elle se hâte de le lui offrir... c'était tout ce qu'elle possédait. Touché de ce don, mais ne faisant pas usage de cet anti-scorbutique, M. Corréard en fit à son tour présent à un pauvre matelot. Il est impossible de dépeindre la joie que témoignèrent ces deux malheureux époux quand ils eurent recouvré assez de raison pour voir qu'ils étaient sauvés.

Les révoltés repoussés, nous laissèrent un peu de repos; la furie des soldats s'était tout à coup calmée, et avait fait place à la

---

la patione est très-célèbre dans le pays par ses miracles. Les boiteux, les goûteux, les paralytiques, y trouvaient un secours qui, dit-on, ne leur a jamais manqué.

plus insigne lâcheté. Plusieurs même se jetèrent à nos genoux, et nous demandèrent un pardon que dans ces circonstances nous ne pouvions guère leur refuser. Ces soldats étaient le rebut de toutes sortes de pays; c'était l'élite des bagnes où l'on avait écumé ce ramassis impur, pour en former la force chargée de la défense et de la protection de la colonie. Lorsque, par mesure de santé, ou les fit baigner à la mer, cérémonie à laquelle quelques uns eurent la pudeur d'essayer de se soustraire, tout l'équipage pût se convaincre par ses yeux, que ce n'était pas l'amour de la gloire ou de la patrie qui les avait conduits à servir l'état dans les ports de Toulon, de Brest ou de Rochefort.

On eut bientôt sur le radeau une nouvelle preuve de l'impossibilité de compter sur aucun sentiment honnête de ces êtres pervertis, flétris par les lois et rejetés provisoirement de la société. Croyant l'ordre rétabli, nous étions revenus à notre poste au centre du radeau; ayant eu la précaution de conserver nos armes. Il était à peu près minuit; après une heure d'une apparente tranquillité, les soldats se soulevèrent de nouveau. Leur esprit étant entièrement aliéné, ils couraient sur nous en désespérés; le couteau ou le sabre à la main. Il fallut de nouveau se mettre en défense. Ils nous attaquèrent; nous les chargeâmes à notre tour, et bientôt le radeau fut jonché de leurs cadavres. Ceux d'entre eux qui n'avaient point d'armes, cherchaient à nous déchirer à belles dents, plusieurs de nous furent cruellement mordus : M. Savigny le fut lui-même aux jambes et à l'épaule. Il reçut en outre un coup de pointe au bras droit. Plusieurs autres furent blessés; de nombreux coups de couteau et de sabre avaient traversé nos habits.

Un de nos ouvriers fut saisi par quatre des révoltés qui voulaient le jeter à la mer. L'un d'eux l'avait pris par la jambe droite, et lui mordait cruellement le tendon au-dessus du talon. Les autres l'assommaient à grands coups de sabre et de crosse de carabine; ses cris nous firent voler à son secours. Dans cette circonstance, le brave

Lavillette, ex-sergent d'artillerie à pied de la vieille garde, se comporta avec un courage digne des plus grands éloges; il fondit sur les furieux, avec M. Corréard, et bientôt ils eurent arraché l'ouvrier au danger qui le menaçait. Quelques instans après, une nouvelle charge des révoltés fit tomber en leurs mains le sous-lieutenant Lozach, qu'ils prenaient dans leur délire pour le lieutenant Danglas (1) qui avait abandonné le radeau lorsque nous fûmes sur le point de quitter la frégate. La troupe en voulait beaucoup à cet officier qui n'avait jamais servi, et à qui les soldats reprochaient de les avoir traités durement pendant qu'ils tenaient garnison à l'île de Rhé. La circonstance eût été favorable pour appaiser sur lui leur fureur et la soif de vengeance qui les dévorait; s'imaginant le trouver dans la personne de M. Lozach, ils voulaient le précipiter dans

_____

(1) Ce fut ce lieutenant, sortant des gardes-du-corps, qu'on vit s'armer d'une carabine, et menacer de faire feu sur le canot du gouverneur, lorsqu'il commença à s'éloigner de la frégate.

les flots, les militaires n'aimaient guère plus
ce dernier, qui n'avait servi que dans les
bandes vendéennes de Saint-Paul-de-Léon.
Sa voix qui se fit entendre, nous apprit
qu'il était encore possible de le secourir.
Aussitôt MM. Clairet, Savigny, Lheureux,
Lavillette, Coudin (1), Corréard, et quelques ouvriers, s'élancèrent sur les insurgés
avec tant d'impétuosité, qu'ils renversè-
rent tout sur leur passage, réprirent M. Lozach et le ramenèrent au centre du radeau; à tout instant, les soldats demandaient qu'on le leur livrât; en le désignant
toujours sous le nom de Danglas. On avait
beau essayer de leur faire comprendre
leur méprise; leur cris étouffaient la voix
de la raison; ils le voyaient partout; ils demandaient sa tête avec fureur, et ce ne
fut que par la force des armes que l'on parvint à réprimer leur rage et à faire taire leurs
cris de mort.

Nous tremblâmes aussi, dans cette circonstance, pour les jours de M. Coudin

(1) Aspirant de première classe.

Blessé et fatigué des assauts qu'il avait sou‑
tenus avec nous, il se reposait sur une
barrique, tenant dans ses bras un jeune
marin de douze ans, auquel il s'était atta‑
ché. Les séditieux l'enlevèrent avec sa bar‑
rique et le lancèrent à la mer avec l'enfant
qu'il ne lâcha pas. Malgré ce fardeau, il
eut la présence d'esprit de se rattraper
au radeau et de se sauver de ce péril ex‑
trême.

Il est difficile de concevoir comment
une poignée d'individus a pu résister à un
nombre aussi considérable d'insensés; nous
n'étions pas plus de vingt pour combattre
tous ces furieux. Qu'on ne pense pas ce‑
pendant qu'au milieu de tout ce désordre,
nous ayons conservé notre raison intacte;
la frayeur, l'inquiétude, les privations les
plus cruelles avaient altéré nos facultés in‑
tellectuelles. Mais un peu moins aliénés
que les malheureux soldats, nous nous op‑
posâmes avec force et courage à leur dé‑
termination de couper les amarrages du
radeau.

Après différens combats, accablés de las‑

situde, de besoin et de sommeil, nous es-
sayâmes de prendre quelques instans de repos jusqu'au moment où le jour vint enfin
éclairer cette scène d'horreur. Un grand
nombre de ces aliénés s'étaient précipités à
la mer; nous trouvâmes que soixante à soi-
xante-cinq hommes avaient péri pendant
la nuit : nous n'avions perdu que deux des
nôtres; l'abattement le plus profond se peignait sur tous les visages; chacun, revenu
à lui-même, put sentir toute l'horreur de sa
position.

Le jour nous révéla encore un nouveau
malheur; les révoltés, pendant le tumulte,
avaient jeté à la mer deux barriques de vin
et les deux seules pièces à eau qu'il y eut sur
le radeau (1). M. Corréard s'étant aperçu
qu'on voulait jeter le vin à la mer, et que les
barriques étaient déjà presque démarrées,

---

(1) Une des pièces à eau fut rattrapée, mais l'eau
de mer y pénétra, en sorte que l'eau douce fut
entièrement gâtée; on conserva cependant le petit
tonneau aussi bien qu'une des barriques de vin qui
était vide.

avait pris le parti de se placer sur l'une d'elles ; son exemple fut suivi par quelques autres qui saisirent la seconde pièce, et restèrent pendant plusieurs heures à ce poste dangereux. Après bien des peines, ils étaient parvenus à conserver ces deux barriques qui, poussées avec violence sur leurs jambes, leur faisaient de graves contusions : ne pouvant plus y tenir, ils firent des représentations à ceux qui employaient tous leurs efforts pour maintenir l'ordre et conserver le radeau ; quelques uns de leurs camarades vinrent alors les remplacer, mais ceux-ci trouvant le service trop pénible, avaient abandonné le poste : après leur retraite les barriques furent envoyées à la mer. Deux pièces de vin avaient déjà été consommées la veille. Il ne nous en restait plus qu'une ; et nous étions soixante et quelques hommes : il fallut se mettre à la demi-ration.

Au jour, la mer se calma, ce qui permit de rétablir notre mât. Notre mât rétabli, nous fîmes alors notre possible pour nous diriger vers la côte. Nous présentâmes indistinctement la voile aux vents qui venaient ou de terre ou de large, en sorte qu'un jour nous nous approchions, et que le lendemain nous courions en pleine mer. On fit une distribution de vin; les soldats murmurèrent et nous accusèrent des privations que nous supportions comme eux. Ils tombaient de lassitude; depuis quarante-huit heures nous n'avions rien pris, et nous avions été obligés de lutter continuellement contre une mer orageuse. Le courage seul nous faisait encore agir. Nous résolûmes d'employer tous les moyens possibles pour nous procurer des poissons. Après avoir recueilli toutes les aiguillettes des militaires, nous en fîmes de petits hameçons; on recourba une baïonnette pour prendre des requins: tout cela ne nous fut d'aucune utilité. Les courans entraînaient nos hameçons sous le radeau, où ils s'engageaient. Un requin vint mordre à la baïonnette; et la redressa; nous abandonnâmes notre projet. Mais il fallait un moyen extrême pour soutenir notre misérable existence : nous frémissons d'horreur, en nous voyant obligés de retracer ici celui que nous mîmes en usage ; les infortunés que la mort avait épargnés dans la nuit effroyable que nous venons de décrire, se précipitèrent sur les cadavres dont le radeau était tout couvert, les coupèrent par tranches, et quelques uns même les dévorèrent à l'instant. Beaucoup, néanmoins, n'y touchèrent pas ; cette affreuse nourriture ayant relevé les forces de ceux qui l'avaient employée, on proposa de la faire sécher pour la rendre plus supportable au goût. Ceux qui eurent la force de s'en abstenir, prirent une plus grande quantité de vin. On essaya de manger des baudriers de sabres et de gibernes ; on parvint à en avaler quelques petits morceaux. Quelques uns mangèrent du linge ; d'autres des cuirs de chapeaux sur lesquels il y avait un peu de graisse ou plutôt de crasse ; on fut forcé d'abandonner ces derniers moyens. Un matelot tenta de manger des excrémens, mais il ne put y réussir.

Le jour fut calme et beau, un rayon d'espérance vint un moment calmer notre agitation, et ranimer un peu nos esprits ;

on s'attendait toujours à voir les embarcations ou quelques navires; la moitié de nos hommes étaient extrêmement faibles, et ces malheureux portaient sur tous leurs traits altérés, ou plutôt presque effacés, l'empreinte d'une destruction prochaine. Le soir arriva malheureusement sans qu'on fût venu à notre secours. L'obscurité de cette troisième nuit augmenta encore les inquiétudes; mais les vents étaient légers et la mer moins grosse. On prit quelques instans de repos, repos plus terrible encore que l'état de veille. Des rêves cruels redoublèrent l'horreur de notre situation. Dévorés par la faim et la soif, nos cris lamentables arrachaient quelquefois au sommeil l'infortuné qui reposait près de nous : l'eau nous venait alors jusqu'aux genoux, et par conséquent on ne pouvait reposer que debout, serrés les uns contre les autres pour former une masse immobile. Enfin le quatrième jour depuis notre départ, revint éclairer notre désastre, et nous montrer dix ou douze de nos compagnons couchés sans vie sur le radeau. Cette vue nous frappa d'une terreur

d'autant plus profonde, qu'elle nous annon-
çait que sous peu nos corps, privés d'existence, seraient misérablement étendus sur la
même place. Nous donnâmes à leurs cadavres la mer pour sépulture, n'en réservant
qu'un seul, destiné à nous nourrir. Cette
journée fut belle, nos esprits s'ouvrirent à un
nouveau rayon d'espoir. Le soir, vers quatre
heures, un événement inattendu nous ap-
porta quelques consolations; un banc de
poissons volans passa sous le radeau, et
comme les extrémités laissaient entre les
pièces qui le formaient, une infinité de
vides, les poissons s'y engagèrent en très-
grande quantité; nous en prîmes environ
deux cents, que l'on déposa dans un tonneau vide; à mesure que nous les attrapions,
on leur ouvrait le ventre pour en tirer ce
qu'on nomme la *laite*. Ce mets nous parut
délicieux; mais comme ces poissons étaient
très-petits, le plus gros n'égalant en volume
qu'un petit hareng, il en aurait fallu un cent
pour un seul homme.

Une once de poudre à canon, trouvée le
matin, avait été séchée au soleil; un briquet,

des pierres à fusil et de l'amadou, se trouvaient aussi dans le même paquet. Après des peines infinies, on parvint à embrâser des morceaux de linge sec. Une large ouverture fut pratiquée sur l'un des côtés du tonneau vide; nous plaçâmes dans son fond plusieurs effets mouillés, et sur cette espèce d'échafaudage, notre foyer fut établi, et élevé ensuite sur une barrique, pour que l'eau de mer ne vînt pas éteindre le feu. Nous fîmes cuire des poissons et nous en mangeâmes avec une extrême avidité; mais notre faim était telle, et la portion de poissons si petite, que nous y joignîmes de la chair humaine que la cuisson rendit moins révoltante. A compter de ce jour nous continuâmes à en manger; mais sans la faire cuire, les moyens de faire du feu nous ayant été entièrement enlevés, car la barrique s'était enflammée; nous l'éteignîmes sans pouvoir en conserver pour en rallumer le lendemain. La poudre et l'amadou étaient d'ailleurs entièrement consommés. Ce repas donna aux uns et aux autres de nouvelles forces pour supporter encore de nouvelles fatigues. La nuit nous aurait paru heureuse, si elle n'avait pas été signalée par un nouveau massacre.

Des Espagnols, des Italiens et des nègres qui étaient restés neutres dans la première révolte, et dont quelques uns s'étaient rangés de notre bord, formèrent le complot de nous jeter à la mer; ils devaient agir de ruse et de surprise pour exécuter leur horrible dessein. Ce complot avait été particulièrement ourdi par un sergent piémontais, qui depuis deux jours avait capté notre confiance. La garde du vin lui avait été confiée; et il crut devoir en user librement, en en dérobant la nuit pour en distribuer à ses camarades.

Ces malheureux s'étaient laissé persuader par les nègres qui leur avaient assuré que la terre n'était pas éloignée, et qu'une fois sur le rivage, ils leur répondaient de leur faire traverser l'Afrique sans danger.

L'espoir de se sauver, ou peut-être encore l'envie de s'emparer de l'argent et des bijoux qui avaient été mis dans un sac commun suspendu au mât, avait monté l'ima-

gination, et excité la cupidité de ces misérables.

Cet argent et ces bijoux avaient été mis
dans un sac commun, afin d'acheter des
rafraîchissemens et de payer des chameaux
pour porter les plus malades, en cas que
nous prissions terre sur le bord du désert (1).

Il fallut de nouveau prendre les armes;
le premier signal du combat fut donné par
un Espagnol, qui, placé derrière le mât,
d'une main faisait dessus une croix, invo-
quant le nom de Dieu, et de l'autre main
tenait un couteau. Les marins qui, restés
fidèles, s'étaient rangés près de nous, le
saisirent et le jetèrent à la mer. Le domes-
tique d'un officier de troupes était de ce
complot; c'était un Italien. Lorsqu'il s'a-
perçut que le complot était découvert, il

_____

(1) La somme s'élevait à 1500 francs. Quinze
furent sauvés, et chacun d'eux eut 100 francs. Ce
furent le commandant du radeau et un capitaine
d'infanterie qui firent le partage.

s'arma de la dernière hache d'abordage qu'il y avait sur le radeau; il fit ensuite sa retraite sur l'avant; et de son propre mouvement se précipita dans la mer. Les séditieux accoururent alors pour venger leur camarade; une lutte terrible s'engagea de nouveau, et de part et d'autre on combattit en désespérés. Bientôt le triste radeau fut jonché de cadavres et couvert de sang. Dans ce tumulte effroyable, de nouveaux cris se firent entendre; on demandait avec les accens de la rage, la tête du lieutenant Danglas. Nous répondîmes aux assaillans que celui qu'ils demandaient n'était point avec nous, sans réussir davantage à les persuader. Alors il fallut continuer de les combattre, et de repousser la force par la force.

Enfin, après des efforts incroyables, les révoltés furent encore une fois repoussés et le calme se rétablit. Alors nous cherchâmes à prendre quelques instans de repos : le jour vint enfin nous éclairer pour la cinquième fois. Nous n'étions plus que trente, nous avions perdu quatre ou cinq de nos fidèles marins; ceux qui survivaient étaient dans l'état le plus déplorable. L'eau de la mer avait enlevé presque entièrement l'épiderme de nos extrémités inférieures; nos contusions et nos blessures irritées par l'eau salée, nous arrachaient à chaque instant des cris perçans, de sorte que vingt tout au plus d'entre nous étaient capables de se tenir debout et de marcher. Notre pêche était épuisée; nous n'avions plus de vin que pour quatre jours, et il nous restait à peine une douzaine de poissons. Dans quatre jours, disions-nous, nous manquerons de tout, et la mort sera inévitable. Ainsi arriva le septième jour de notre abandon. Nous calculions que dans le cas où les embarcations n'auraient pas échoué à la côte, il leur fallait au moins trois ou quatre fois vingt-quatre heures pour se rendre à Saint-Louis; il fallait ensuite le temps d'expédier des navires, et à ces navires celui de nous trouver; nous résolûmes de tenir le plus long-temps possible. Dans le courant de la journée, deux militaires s'étaient glissés derrière la seule barrique de vin qui nous restât; ils

l'avaient percée, et buvaient avec un cha-
lumeau. Nous avions juré que celui qui
emploierait de semblables moyens, serait
puni de mort. Cette loi fut à l'instant
mise à exécution, et les deux infracteurs furent jetés à la mer.

Réduits à vingt-sept, quinze seulement
paraissaient pouvoir exister encore quelques
jours ; tous les autres, couverts de larges
blessures, avaient presque entièrement perdu la raison. Cependant ils avaient part aux
distributions, et pouvaient avant leur mort
consommer trente ou quarante bouteilles
du vin qui, pour nous, étaient d'un prix
inestimable. On délibéra ; après un conseil
présidé par le plus affreux désespoir, il fut
décidé qu'on les jetterait à la mer. Trois
matelots et un soldat se chargèrent de cette
cruelle exécution ; nous détournâmes les
yeux et nous versâmes des larmes de sang
sur le sort de ces infortunés.

Cet expédient horrible sauva les quinze
qui restait ; car, lorsque nous fûmes joints
par le brick *l'Argus*, il ne nous restait que
très-peu de vin, et c'était le sixième jour

après le cruel sacrifice que nous venons
de décrire. Après cette cruelle catastrophe
nous jetâmes les armes à la mer ; elles
nous inspiraient une horreur dont nous
n'étions pas maîtres. On réserva cependant
quelques sabres, en cas qu'on eût besoin de
couper quelque cordage ou quelque morceau
de bois.

On avait à peine de quoi passer cinq ou
six journées sur le radeau : elles furent les
plus pénibles. Les caractères étaient entièrement aigris ; un petit événement, cependant,
vint faire une passagère distraction à la
profonde horreur dont nous étions saisis.
Un papillon blanc, du genre de ceux qui sont
si communs en France, nous apparut volti-
geant au-dessus de nos têtes, et se reposa sur
notre voile. La présence de cet insecte nous
parut être comme l'avant-courrier qui nous
apportait la nouvelle d'un prochain attérage,
et un faible rayon d'espoir vint ranimer un
instant nos esprits (c'était le 9ᵉ jour que nous
passions sur le radeau). Nos vœux et nos
regards se portèrent donc vers cette terre
désirée que nous croyions à chaque instant

voir s'élever devant nous. Il est certain que
nous ne pouvions en être éloignés; car les
papillons continuèrent les jours suivans de
venir voltiger autour de notre voile; le même jour nous en eûmes un autre indice non
moins positif, en apercevant un goéland
qui volait au-dessus de notre radeau. Ce
second courrier ne nous permit pas de dou-
ter que nous ne fussions très-proches du
sol africain, et nous nous persuadâmes que
nous serions incessamment jetés sur le rivage par la force des courans. Notre espérance
fut encore une fois déçue. Ce même jour,
nous voyant réduits à un petit nombre,
nous détachâmes quelques planches du radeau, et avec des morceaux de bois assez
longs, nous élevâmes au centre une espèce de parquet sur lequel nous nous
reposâmes. Tous les effets que nous avions
pu ramasser furent étendus dessus, et
servirent à le rendre un peu moins dur.
Cet appareil empêchait la mer de passer
avec autant de facilité par les intervalles
qui étaient entre les différentes pièces du
radeau; mais la lame embarquant par le

travers, nous recouvrait quelquefois entièrement.

Ce fut sur ce nouveau théâtre où se trouvaient réunies presque toutes les misères humaines, que nous nous résignâmes à attendre courageusement la mort.

Dans les premiers jours de notre abandon, pendant les nuits qui sont très-fraîches dans ce climat, nous supportions assez facilement l'immersion; mais durant les dernières, toutes les fois qu'une vague déferlait sur nous, elle produisait une impression douloureuse et nous arrachait des cris plaintifs; en sorte que chacun employait tous les moyens possibles pour l'éviter. Les uns élevaient leur tête sur des morceaux de bois, et faisaient avec ce qu'ils rencontraient une sorte de petit parapet où venait se briser la vague; les autres se mettaient à l'abri derrière les tonneaux vides qui se trouvaient placés l'un en long et l'autre en travers. Mais ces moyens étaient très-souvent insuffisans.

Une soif ardente, redoublée dans le jour par un soleil brûlant, nous dévorait; elle fut telle, que nos lèvres desséchées s'abreuvaient avec avidité d'urine qu'on faisait refroidir dans de petits vases de fer-blanc.

Cette boisson produisait un effet tout à fait digne de remarque, c'est qu'à peine l'avait-on bue, qu'elle occasionnait une nouvelle envie d'uriner. On chercha aussi à se désaltérer en buvant de l'eau de mer. Mais tous ces moyens ne diminuaient la soif que pour la rendre plus vive un instant après.

Un officier trouva par hasard un petit citron, et l'on sent combien ce fruit lui devenait précieux; aussi le réservait-il pour lui seul. Ses camarades, malgré les supplications les plus pressantes, ne pouvaient rien obtenir; déjà se manifestaient des mouvemens de rage, et s'il ne se fût rendu en partie aux sollicitations de ses camarades, on le lui aurait certainement enlevé de force, et il eût péri victime de son égoïsme. On se disputa aussi une trentaine de gousses d'ail restées jusque là au fond d'un petit sac; ces disputes étaient le plus souvent accompagnées de menaces virulentes, et, si elles eussent été prolongées, peut-être en serions-nous venus aux dernièr extrémités. On avait aussi trouvé six petites fioles dans lesquelles il y avait le liqueur alcoholique pour nettoyer les dents; celui en la possession duquel elles étant, les réservait avec soin; et en accordit avec peine une ou deux gouttes dans l creux de la main. Cette liqueur, que nou soupçonnâmes être une teinture de gayac, de canelle, de gérofle et autres subsances aromatiques, produisait sur nos lagues une impression délectable, et faisait disparaître pour quelques instans la soif qui nous dévorait. Quelques uns trouvèrent des morceaux d'étain, qui, mis dans la bouche y entretenaient une sorte de fraîcheur. Un moyen généralement employé, était de mettre dans un chapeau une certaine quantité d'eau de mer; on s'en lavait la figure pendant quelque tems, et en y revenant à plusieurs reprises; on s'en mouillait également les cheveux; nous laissions aussi nos mains plongées dans l'eau. Exténués par les plus cruelles privations, la moindre sensation agréable était pour nous un bon-

heur suprême. Plusieurs de nous, au moyen
de petits vases de fer-blanc, conservaient
leur ration de vin, et pompaient dans le
gobelet avec un tuyau de plume. Cette manière de prendre notre vin, diminuait beaucoup plus notre soif, que si nous l'eussions
bu de suite. L'odeur seule de cette liqueur
nous était extrêmement agréable.

Le dixième jour que nous passâmes sur le
radeau, à la suite d'une distribution de vin,
il prit à MM. Clairet, Coudin, Charlot et
un ou deux de nos matelots, la fantaisie
de vouloir se détruire, mais de s'enivrer
auparavant avec le reste de notre barrique.
En vain le capitaine Dupont, MM. Lavillette,
Savigny et tous les autres, leur faisaient les
plus vives représentations en leur opposant
toute la fermeté dont ils étaient capables ;
leurs cerveaux malades se repaissaient de la
folle idée qui les dominait et un nouveau
combat était prêt de s'engager. Mais ce
qui parvint à dissiper cette funeste querelle, en détournant notre attention sur
le nouveau danger qui vint nous menacer
au moment où la cruelle discorde allait

éclater parmi nous, fut une troupe de requins qui vinrent entourer notre radeau.
Ils s'en approchaient de si près, que de
dessus nous pûmes les attaquer à coups
de sabre, mais nous ne pûmes triompher
d'un seul de ces ennemis; les coups qu'on
portait à ces monstres les faisaient rentrer
dans la mer, et quelques secondes après
ils reparaissaient à la surface, et ne sem-
blaient nullement effrayés de notre présence.

Trois jours se passèrent dans des an-
goisses inexprimables; la vie nous était
devenue tellement indifférente, que plusieurs d'entre nous ne craignirent pas de se
baigner à la vue des requins qui entouraient
le radeau; quelques autres se mettaient nus
sur le devant de la machine qui était alors
submergée: Ces moyens diminuaient un peu
l'ardeur de leur soif. Pourrait-on s'imaginer
qu'au milieu de ces scènes terribles, luttant
contre une mort inévitable, plusieurs d'entre nous se soient permis des plaisanteries
qui nous faisaient encore sourire, malgré
l'horreur de notre situation. L'un, entre

autres, dit en plaisantant : *Si le brick est envoyé à notre recherche, prions Dieu qu'il ait pour nous des yeux d'Argus*, faisant allusion au nom du navire que nous présumions devoir venir à notre recherche.

Le 16 juillet, dans la journée, nous estimant très-près de terre, nous résolûmes, huit des plus déterminés, à essayer de gagner la côte. Mais les tentatives que nous fîmes ayant été infructueuses, nous fûmes obligés d'y renoncer. La nuit vint sur ces entrefaites, et son obscurité ramena dans nos esprits les plus affligeantes pensées. Il ne restait dans notre barrique que douze ou quinze bouteilles de vin, et nous commencions à avoir un dégoût invincible pour les chairs qui nous avaient à peine soutenus jusque-là.

Le 17 au matin, le soleil parut dégagé de tous nuages. Alors nous partageâmes une partie de notre vin ; chacun savourait sa faible portion, lorsqu'un capitaine d'infanterie aperçut un navire, et nous l'annonça par un cri de joie. On reconnut que c'était un brick, mais il était à une grande distance : On ne pouvait distinguer que les extrémités de ses mâts. La vue de ce bâtiment répandit parmi nous une alégresse difficile à dépeindre, et chacun de nous croyait son salut certain. Cependant des craintes venaient empoisonner nos espérances ; nous redressâmes des cercles de barrique, aux extrémités desquels furent fixés des mouchoirs de différentes couleurs. Un de nous monta au haut du mât, et agitait ces petits pavillons. Pendant plus d'une demi-heure, nous flottâmes entre l'espoir et la crainte ; mais nous perdîmes bientôt toute espérance, car le brick disparut. Du comble de la joie, nous passâmes à celui de l'abattement et de la douleur la plus vive ; pour calmer notre affreux désespoir nous voulûmes chercher quelques consolations dans les bras du sommeil. La veille nous avions été dévorés par les feux d'un soleil brûlant ; ce jour-ci, pour nous mettre à l'abri de la vivacité de ses rayons, nous fîmes une tente avec le grand cacatois de la frégate. Dès qu'elle fut dressée, nous

nous couchâmes tous dessus, dans une position à pouvoir apercevoir ce qui se passait autour de nous. On proposa alors de tracer, sur une planche, un abrégé de nos déplorables aventures, d'écrire nos noms au bas de notre récit, et de le fixer à la partie supérieure du mât, dans l'espérance qu'il parviendrait au gouvernement et à nos familles. Après avoir passé environ deux heures, livrés aux plus cruelles réflexions, le maître canonnier de la frégate, pour aller sur le devant du radeau, sortit de dessous notre tente. A peine eût-il mis la tête au dehors, qu'il revint à nous en poussant un grand cri. La joie était peinte sur son visage ; ses mains étaient étendues vers la mer ; il respirait à peine. Tout ce qu'il put nous dire, ce fut : *Sauvés! voilà le brick qui est sur nous !* Il était en effet tout au plus à une demi-lieue, ayant toutes ses voiles dehors, et gouvernant de manière à venir passer très-près de nous. Nous sortîmes de dessous notre tente avec précipitation, ceux mêmes que d'énormes blessures retenaient couchés depuis plusieurs jours, se traînèrent sur le derrière du radeau pour jouir de la vue de ce bâtiment qui venait nous arracher à une mort certaine. Nous nous embrassions tous, avec des transports qui tenaient beaucoup du délire, et des larmes de joie sillonnaient nos joues desséchées par les plus cruelles privations. Chacun alors, avec le plus vif empressement, se saisit de mouchoirs ou de différentes pièces de linge pour faire des signaux au brick qui s'approchait rapidement. Notre joie redoubla, lorsqu'on aperçut au haut de son mât de misaine un grand pavillon blanc; nous nous écriâmes : « C'est donc à des Français que nous allons devoir notre salut. » Nous reconnûmes presque aussitôt le brick *l'Argus*; il était alors à deux portées de fusil. Notre impatience était inexprimable de ne pas lui voir carguer ses voiles; il les amena enfin et de nouveaux cris de joie s'élevèrent de notre radeau. L'*Argus* vint se mettre en panne tribord à vous, à demi-portée de pistolet. L'équipage, rangé sur le bastingage et dans les haubans, témoignait en agitant les mains et les chapeaux, le plaisir qu'il ressentait de venir au secours de leurs malheureux compatriotes. On mit de suite une embarcation à la mer pour nous enlever de dessus notre fatal radeau ; en peu de temps, nous fûmes tous transportés à bord du brick, où nous revîmes le lieutenant en pied de la frégate et quelques autres naufragés. L'attendrissement était peint sur tous les visages ; la pitié arrachait des larmes à tous ceux qui portaient leurs regards sur nous. Qu'on se figure quinze infortunés presque nus, le corps et la figure flétris de coups de soleil. Dix des quinze pouvaient à peine se mouvoir. Nos membres étaient presque entièrement dépourvus d'épiderme ; une profonde altération était peinte dans tous nos traits ; nos yeux étaient caves et presque farouches, nos longues barbes, nous donnaient encore un air plus hideux. Du bouillon nous avait été préparé, on y mêla d'excellent vin; on releva ainsi nos forces prêtes à s'éteindre ; les soins les plus généreux et les plus attentifs nous furent prodigués; on pansa nos blessures, et le

lendemain plusieurs des plus malades commencèrent à se soulever. Cependant quelques uns eurent beaucoup à souffrir,
ayant été mis dans l'entrepont du brick
très-près de la cuisine, qui augmentait encore la chaleur presque insupportable dans
ces contrées : le défaut de place dans un
petit navire fut cause de cet inconvénient.
Ceux qui n'appartenaient pas à la marine,
furent couchés sur des câbles, enveloppés
dans quelques pavillons et placés sous le
feu de la cuisine, ce qui les exposa à périr
dans la nuit par l'effet d'un incendie qui
se manifesta dans l'entrepont, vers les dix
heures du soir, et qui faillit réduire le
bâtiment en cendres. Mais des secours
ayant été apportés à temps, nous fûmes
sauvés pour la seconde fois. Quelques uns
de nous éprouvèrent quelques accès de
délire. Les soins redoublés de tous les
gens de l'équipage parvinrent à ranimer
chez nous le feu de la vie. Le chirurgien du
bord, M. Renaud, se signala par un zèle in-
fatigable.

Le brick l'*Argus* avait été expédié du Sé-

négal pour porter des secours aux naufragés des embarcations et chercher le radeau.
Pendant plusieurs jours, il longea la côte
sans nous rencontrer, et donna des vivres
aux naufragés des embarcations qui tra-
versaient le désert de Sahara. Croyant que
ses recherches seraient désormais infructueuses pour trouver notre machine, il fit
voile pour la rade d'où il avait été expédié
afin d'y aller annoncer l'inutilité de ses per-
quisitions; ce fut quand il courait sa bordée sur le Sénégal, que nous l'aperçûmes.
Le matin il n'était plus qu'à quarante lieues
de l'embouchure du fleuve, lorsque les
vents passèrent au sud-ouest; le capitaine
comme par une espèce d'inspiration, dit
qu'il fallait revirer de bord. Les vents
portaient sur la frégate. Après avoir couru
deux heures sur ce bord, les hommes de
garde annoncèrent un bâtiment; quand
le brick fut plus près, à l'aide de lunettes,
on nous reconnut. Lorsque nous fûmes
recueillis par l'*Argus*, notre première
question fut celle-ci : « Messieurs, nous
cherchez-vous depuis long-tems ? » On

nous répondit que oui ; mais que cependant
le capitaine n'ayant point reçu d'ordre positif à ce sujet, nous devions au hasard
seul le bonheur d'avoir été rencontrés.
Quelques personnes nous dirent franche-
ment : *Nous vous croyions tous morts depuis plus de huit jours.* Nous avons dit
que le commandant du brick n'avait pas
reçu l'ordre positif de nous chercher : voici
quelles étaient ses instructions. « M. de
« Parnajon, commandant le brick l'*Argus*,
« se rendra sur la côte du désert, avec son
« bâtiment, emploiera tous les moyens
« pour donner des secours aux naufragés
« qui doivent avoir fait côte ; il leur fera
« passer les vivres et les munitions dont
« ils pourront avoir besoin. Après s'être
« assuré du sort de ces infortunés, il tâ-
« chera de continuer sa route jusqu'à la
« frégate la *Méduse*, pour s'assurer si les
« courans n'auraient point porté le radeau
« vers elle. » Voilà tout ce qui était dit
de notre misérable machine. Il est bien
certain qu'à l'île Saint-Louis on ne comptait plus sur nous ; on nous croyait tous

péris. Notre rencontre fit décider de se diriger de nouveau sur le Sénégal, et le lendemain nous vîmes cette terre que pendant treize jours nous avions si ardemment désirée. On mouilla le soir sous la côte, et au matin, favorisés par les vents, nous fîmes route pour la rade de Saint-Louis, où nous jetâmes l'ancre le 19 juillet à deux ou trois heures de l'après midi.

Telle est l'histoire fidèle de ce qui se passa sur le mémorable radeau. De cent cinquante délaissés, quinze seulement furent sauvés; mais cinq n'ont pu survivre à tant de fatigues et sont morts à Saint-Louis.

Le gouverneur, instruit de notre arrivée, expédia une grande embarcation pontée pour nous transporter à terre; cette embarcation apportait aussi du vin et quelques rafraîchissemens. Le patron ayant jugé que l'on pourrait franchir dans la marée la barre qui est à l'embouchure du fleuve, on décida qu'on allait nous débarquer dans l'île. Nous abandonnâmes le brick l'*Argus* vers les six heures du soir. Lorsque nous approchâmes de la barre, on ferma les écoutilles, sur ceux qui étaient couchés à fond de cale. On attendait avec la plus vive impatience que nous eussions franchi ce mauvais pas dont le passage dura quelques minutes. Pendant ce tems, le plus profond silence régnait à bord; la voix seule du patron se faisait entendre. Dès qu'on fut hors de danger, les nègres qui composaient l'équipage du bâtiment, recommencèrent leurs chants, qui ne cessèrent qu'au moment de notre arrivée à Saint-Louis où l'on nous fit une réception brillante.

Le gouverneur, plusieurs officiers, les uns français, les autres anglais, vinrent nous recevoir; il n'y eut personne qui ne versât des larmes d'attendrissement en nous voyant dans l'état déplorable où nous étions réduits.

Quelques uns de nous furent accueillis par des négocians français, qui leur prodiguèrent des attentions et des égards infinis.

Maintenant nous allons faire connaître quelles furent les manœuvres des embarcations, lorsque les remorques eurent été larguées et que le radeau fut abandonné à lui-même.

La chaloupe fut la dernière embarcation que nous vîmes disparaître. Elle eut connaissance de la terre et des îles d'Arguin le soir avant le coucher du soleil; les autres canots durent nécessairement les voir aussi quelque temps auparavant. Deux embarcations parvinrent à gagner le Sénégal sans accident, ce sont celles que montaient le gouverneur et le commandant de la frégate. Dans le mauvais tems qui força les autres canots à faire côte, elles eurent beaucoup à souffrir pour résister à une grosse mer et à un vent très-fort. Ces deux embarcations arrivèrent le 9, vers dix heures du soir, à bord de la corvette l'*Écho*, qui était mouillée sur la rade de Saint-Louis. Un conseil fut tenu, on y fit choix des moyens les plus prompts et les plus sûrs pour donner des secours aux naufragés abandonnés dans les embarcations et sur le radeau.

Le brick l'*Argus* fut désigné pour cette mission. Le commandant de ce navire aurait voulu mettre sous voile à l'instant même; mais des causes secrètes enchaînèrent son zèle : néanmoins cet officier distingué exécuta les ordres qu'il reçut avec une rare activité.

Quant aux quatre autres embarcations, suivons d'abord la marche de la principale qui était la chaloupe. Dès qu'elle eut pris connaissance de la terre, elle revira de bord et prit le large, parce qu'elle était sur des hauts-fonds; elle avait touché deux ou trois fois. Le 5, vers les quatre heures du matin, se trouvant trop éloignée de la côte, et la mer étant très-houleuse, elle revira de bord, et peu d'heures après on vit la terre pour la seconde fois. À huit heures on en fut extrêmement près, et les hommes désirant gagner le rivage, on en mit à terre soixante-trois des plus résolus. On leur donna des armes et le plus de biscuit qu'on put; ils commencèrent à faire route vers le Sénégal, en suivant les bords de la mer. Ce débarquement se fit dans le nord du cap Mirick, à 80 ou 90 lieues de l'île Saint-Louis; et la chaloupe prit ensuite de large. A midi, ayant couru quelques milles, elle eut connaissance des autres embarcations, et fit son possible pour les rallier ; mais les canots employèrent tous les moyens pour éviter cette rencontre : on se méfiait les uns des autres ; quelques personnes ayant assuré que l'équipage de la chaloupe était révolté, et qu'il avait même menacé de faire feu sur les autres canots. La chaloupe, au contraire, qui venait de débarquer une partie de son monde, s'avançait pour dire aux autres embarcations qu'elle était en état de leur en prendre, en cas qu'elles fussent trop chargées. Le canot du commandant et la pirogue furent les seuls qui s'approchèrent à portée de la voix. Le soir, à cinq heures, la mer devint houleuse et le vent très-fort. La pirogue, ne pouvant tenir contre la violence du vent, demanda du secours à la chaloupe qui revira de bord et se chargea des quinze personnes qui montaient cette faible embarcation. Dans la journée du 8, à deux heures du soir, les hommes, tourmentés par une soif ardente et une faim qu'ils ne pouvaient satisfaire, forcèrent, par leurs demandes réitérées, à faire côte, ce qui eut lieu dans la soirée du même jour. L'équipage débarqua à 40 lieues à peu près de l'île Saint-Louis. Le canot major et celui du Sénégal, qui n'avaient pu résister à la violence du gros tems, d'ailleurs manquant de vivres, avaient également été obligés de faire côte, dans la journée du 8, le premier à cinq heures du soir, le second à onze heures du matin. Les officiers, après avoir réuni et rangé en ordre leurs équipages, firent route pour le Sénégal, dépourvus de toutes ressources, sans guide, sur une côte peuplée de barbares. La soif et la faim les assaillaient d'une manière cruelle ; les rayons d'un soleil brûlant qui se réfléchit sur ces immenses plaines de sable, aggravaient encore leurs souffrances. Ayant, après des peines infinies, franchi les dunes, ils trouvèrent de vastes plaines où ils eurent le bonheur de découvrir de l'eau, après avoir fait dans le sable des trous à une certaine profondeur; ce qui les rappela, pour ainsi dire, à l'espérance et à la vie.

Ayant rencontré quelques Maures, ils les forcèrent à leur servir de guides. Après avoir continué leur marche en longeant les bords de la mer, le 11 au matin, ils aperçurent le brick *l'Argus* qui, les ayant découverts, vint très-près du rivage, mit en travers, envoya une embarcation à terre et leur fit parvenir du biscuit et du vin. Le 11 au soir, ils rencontrèrent d'autres indigènes et un Irlandais, capitaine marchand, qui était parti de Saint-Louis dans l'intention de porter des secours aux naufragés; il parlait la langue du pays et avait pris les mêmes habillemens que les Maures. Enfin après des souffrances inouies et les privations les plus cruelles, ceux de ces infortunés qui composaient les équipages du canot major, de celui dit du Sénégal, vingt-cinq hommes de la chaloupe et quinze personnes de la pirogue arrivèrent à St.-Louis, le 13 juillet à sept heures du soir, après avoir erré pendant cinq journées entières au milieu de ces déserts affreux : pendant ce trajet, ils eurent à lutter contre tout ce qu'ont d'horrible la faim et la soif poussées à l'extrême : du biscuit, du vin et de l'eau-de-vie en très-petite quantité, avaient été leur principale subsistance. Quelquefois, à force d'argent, ils obtenaient des Maures du lait et du miel. Assiégés par une chaleur insupportable, manquant presque des premiers besoins, quelques uns d'eux perdirent un peu la raison. L'esprit de révolte se manifesta même pendant quelques instans ; heureusement qu'on n'en vint pas aux mains.

Les soixante-trois qui débarquèrent de la chaloupe près des môles d'Angel, eurent de plus longues fatigues à supporter; ils avaient 90 lieues à faire dans l'immense désert de Sahara. Il leur fallut franchir des dunes extrêmement élevées pour gagner la plaine; ils eurent le bonheur d'y découvrir un vaste étang d'eau douce où ils se désaltérèrent, et près duquel ils se reposèrent. Ayant rencontré des Maures, ils les prirent pour guides, et après de longues marches et les privations les plus cruelles, ils arrivèrent au Sénégal le 23 juillet au soir. Quelques uns d'eux périrent de misère; plusieurs personnes s'étant écartées de la troupe, furent enlevées par les naturels du pays et emmenés dans le camp des Maures. Un militaire, entre autres, resta plus d'un mois parmi eux, et fut ensuite ramené à l'île Saint-Louis. Le naturaliste Kummer et M. Rogery ayant commis la même imprudence, furent forcés d'errer de peuplade en peuplade et furent ensuite ramenés au Sénégal.

Tous les naufragés étant rassemblés à Saint-Louis, le gouverneur, deux jours avant son départ pour le Cap-Verd, songea à envoyer un navire à bord de la *Méduse* pour y chercher une somme de 100,000 francs, apportée pour être le trésor de la colonie, ainsi que des provisions qui s'y trouvaient et dont on manquait dans les établissemens français. Mais on parla très-peu, ou plutôt on ne parla presque plus des hommes qui étaient restés à bord, et auxquels on avait juré de les envoyer chercher, dès qu'on serait arrivé à Saint-Louis. Le petit bâtiment, destiné pour aller à la frégate, était une goëlette commandée par un lieutenant de vaisseau. Des plongeurs noirs et quelques passagers, composaient son équipage. Elle partit de Saint-Louis, le 26 juillet, avec des vivres pour huit jours; mais ayant éprouvé des vents contraires, elle fut obligée de rentrer dans le port; elle partit de nouveau après avoir pris, cette fois, à peu près pour vingt-cinq jours de vivres; mais comme la voilure était en très-mauvais état, et le bâtiment ayant éprouvé au large un fort coup de vent, il fallut rentrer dans le port après environ quinze jours de navigation, sans avoir pu en atteindre le but. Alors on fit faire une nouvelle voilure : dès qu'elle fut installée, on sortit pour la troisième fois et l'on atteignit la *Méduse*, cinquante - deux jours après son abandon. Quel fut l'étonnement de ceux qui montaient la goëlette, de retrouver encore à bord de la *Méduse*, trois infortunés à la veille d'expirer! on était loin de s'attendre à cette rencontre; mais, il y en avait eu dix-sept d'abandonnés. Qu'étaient devenus les quatorze qui manquaient? Voici l'histoire de leur déplorable sort.

Du moment que les embarcations et le radeau furent débordés de la frégate, ces dix-sept malheureux cherchèrent à se procurer des moyens de subsistance, en attendant qu'on vînt à leur secours; en fouillant tous les lieux où l'eau n'avait pas encore pénétré, ils parvinrent à rassembler assez de biscuit, de vin, d'eau-de-vie, et de lard salé pour exister pendant un certain temps. Tant que les vivres durèrent, la paix régna parmi eux : mais quarante-deux jours s'étant écoulés sans qu'ils vissent paraître les secours qu'on leur avait promis, alors douze des plus décidés, se voyant à la veille de manquer de tout, résolurent de gagner la terre. Pour y parvenir, ils construisirent un radeau avec les différentes pièces qui restaient sur la frégate, le tout maintenu, comme le premier, par des amarrages : s'y étant embarqués, ils dirigèrent leur route sur la côte; mais comment pouvoir manœuvrer sur une machine dépourvue des rames et des voiles nécessaires? Il est presque certain que ces malheureux, qui n'avaient pris qu'une très-petite quan-

tité de vivres, n'auront pu long tems résister, et qu'accablés par le désespoir et
le besoin, ils auront été victimes de leur té-
mérité. Les restes de leur radeau, trouvés
sur la côte du désert de Sahara, par les Maures sujets du roi Zaïde, lesquels vinrent à
Andar annoncer cette nouvelle, firent présumer avec raison que ces infortunés, ayant
échoué dans leur funeste tentative, furent
la proie des monstres marins, qui sont en
très-grande quantité sur ces rivages de
l'Afrique. Un matelot qui s'était refusé à
s'embarquer sur ce radeau, voulant aussi
gagner la terre, quelques jours après les
premiers, se mit dans une cage à poules;
mais à une demi-encablure de la frégate, il
fut submergé.

Des quatre hommes qui se décidèrent à
ne pas abandonner la *Méduse*, un venait
de mourir quand la goëlette arriva; son
corps avait été jeté à la mer. Les trois
autres étaient d'une faiblesse extrême, et
deux jours plus tard, on n'aurait trouvé
que leurs cadavres. Ces malheureux, occu-
pant chacun un endroit séparé, n'en sor-

taient que pour aller chercher des vivres qui, dans les derniers jours, ne consistaient qu'en un peu d'eau-de-vie, du suif et du lard salé. Quand ils se rencontraient ils couraient les uns sur les autres, et se menaçaient de coups de couteau. Tant que le vin avait duré avec les autres provisions, ils s'étaient bien soutenus; mais dès qu'ils furent réduits à l'eau-de-vie pour boisson, ils s'affaiblirent de jour en jour.

On prodigua à ces trois hommes les soins qu'exigeait leur état, et tous les trois sont maintenant en pleine santé.

Après avoir donné les secours nécessaires à ces malheureux, on s'occupa de retirer du corps de la frégate, tous les objets susceptibles d'être enlevés. On sauva des farines, du vin et plusieurs autres objets.

L'entière cargaison de la goëlette ayant été complétée, et les tentatives pour retrouver les cent mille francs, devenues inutiles, l'on singla vers le Sénégal.

Dès le lendemain de l'arrivée de la goëlette, la ville fut transformée en une foire publique qui dura pendant au moins huit

jours. Là, on vendait des objets appartenant
à l'État, et à ceux des malheureux naufragés qui avaient péri ; ici c'étaient les
habillemens de ceux qui vivaient encore ;
plus loin c'était l'ameublement de la cham-
bre du commandant lui-même ; ailleurs, on
voyait les pavillons du bord, que des nègres achetaient pour se faire des pagnes
ou des manteaux ; autre part, on vendait
le gréement et la voilure de la frégate ;
puis venaient des draps de lit, des câ-
dres, des hamacs, des couvertures, des
livres, des instrumens, etc. Dans la ville,
l'on ne vit plus que des nègres affublés,
les uns de vestes et de pantalons, les autres
de grandes capotes grises ; d'autres portaient des chemises, des gilets, des bonnets
de police, etc ; tout enfin rappelait le désordre et la confusion. Tel fut en partie le
produit de l'expédition de la goëlette. Les
vivres qu'elle rapporta furent du plus grand
secours au gouverneur français qui était à la
veille d'en manquer.

Quelques jours après, les négocians de
Saint-Louis furent autorisés à se rendre à
Méduse.

7

bord de la *Méduse* avec leurs navires, aux
conditions suivantes : ils devaient faire
les armemens de leurs bâtimens à leurs
frais, et tous les objets qu'ils parviendraient
à sauver de la frégate devaient être partagés
en deux portions égales, l'une pour le gouvernement et l'autre pour les armateurs.
Quatre goëlettes partirent de Saint-Louis,
et, en peu de jours, parvinrent à leur des-
tination. Elles rapportèrent dans la colonie
une grande quantité de barils de farine,
de viandes salées, de vin, d'eau-de-vie, de
cordages, de voiles, etc., etc. Cette expédition fut terminée en moins de vingt jours;
on fit le partage des objets sauvés de la
frégate, sans l'intervention du gouverneur qui était alors absent, ou du moins
d'un fondé de ses pouvoirs; on doit alors
présumer quelles déprédations furent com-
mises.

Récapitulons ici les nouveaux malheurs
auxquels furent en proie quelques infortunés échappés au radeau et au désert, et
qui restèrent plongés dans un hôpital affreux
sans secours, sans consolation. On peut

se rappeler que ce fut le 13 juillet, que se trouvèrent réunis les hommes du radeau et les soixante - trois qui furent débarqués par la chaloupe près des môles d'Angel.

M. Coudin, commandant du radeau, et M. Savigny qui lui succéda dans le commandement, furent d'abord accueillis au Sénégal par M. Lasalle, négociant français, qui leur prodigua les soins les plus généreux, et qui leur épargna les nouvelles souffrances qu'éprouvèrent leurs compagnons d'infortune.

Quant à M. Corréard, ingénieur géographe, dès qu'il fut rendu à l'île Saint-Louis, lui et quelques autres de ses compagnons, tout couverts de blessures, ne tenant plus à la vie que par un fil., furent couchés sur des lits de sangles, dont les matelas n'étaient que des couvertures de laine ployées en quatre, et garnis de draps d'une malpropreté dégoûtante; les quatre officiers de troupe furent aussi placés dans une des salles de l'hôpital, et les soldats et les matelots dans une autre salle voisine.

de la première et couchés de la même manière que les officiers. Le soir de leur arrivée, le gouverneur, accompagné du commandant de la frégate et d'une nombreuse
suite, vint leur rendre visite; on leur pro-
mit des toiles de Guinée pour les vêtir, du
vin pour rétablir leurs forces, des armes
et des munitions lorsqu'ils seraient en état
de sortir. Promesses frivoles : ce ne fut
qu'à la pitié des étrangers que, pendant
cinq mois, ils durent leur existence. Le
gouverneur annonça son départ pour le
camp de Daccard (1), en leur disant qu'il
avait donné des ordres pour que rien ne
leur manquât pendant son absence. Tous
les Français en état de s'embarquer, venaient de partir avec le gouverneur.

_____

(1) Pour l'intelligence des motifs qui détermi-
nèrent le gouverneur français à se rendre au camp
de Daccard, il est bon de savoir que le gouverneur anglais, pour des raisons puisées dans le ma-
chiavélisme du cabinet britannique, n'avait pas
encore voulu remettre la colonie au pouvoir des
Français.

Livrés à eux-mêmes dans l'affreux séjour qu'ils habitaient, entourés d'hommes auxquels leur cruelle position n'inspirait aucune pitié, encore une fois abandonnés, ils gémissaient et se répandaient en plaintes inutiles. En vain ils représentaient au médecin anglais que la ration ordinaire de simple soldat qu'on leur avait donnée jusque-là ne leur convenait sous aucun rapport, d'abord en ce que leur santé altérée exigeait une nourriture moins grossière que celle qu'on donne à un soldat bien portant dans sa caserne. Le docteur impitoyable répondit qu'il n'avait pas reçu d'ordre et qu'il ne changerait rien. Alors ils adressèrent leurs plaintes au gouverneur anglais, qui y fut aussi peu sensible.

Quel contraste entre la conduite de ce gouverneur et celle des autres officiers de sa nation faisant partie de l'expédition de l'intérieur de l'Afrique, auxquels se joignirent ceux de la garnison ! C'est à leurs soins généreux que les officiers provenant du radeau, durent des soulagemens, et la vie peut-être.

Ces messieurs, quelques jours après l'arrivée des naufragés, ayant appris leur cruelle position, vinrent dans l'hôpital, et emmenèrent avec eux quatre officiers qui déjà étaient en état de sortir; ils les invitèrent à partager leur repas en attendant la remise de la colonie.

Le gouverneur français, comme nous l'avons dit, ne pouvant entrer en possession de la colonie, s'était décidé à aller camper sur le Cap-Verd, dont la propriété était reconnue à la France. Le 26 juillet, le brick l'*Argus*, et un trois mâts se chargèrent des restes de l'équipage de la *Méduse*; c'étaient des hommes qui étaient débarqués près de Portendic et quelques personnes du radeau; les plus malades étaient restés à l'hôpital de Saint-Louis. Ces deux navires mirent sous voile; le gouverneur s'était embarqué sur le trois mâts. Ils arrivèrent en la rade de Gorée, le soir à la nuit. Le lendemain, les hommes furent transportés sur le Cap-Verd. Déjà plusieurs militaires et matelots y étaient arrivés; c'étaient ceux qui les premiers avaient traversé le désert : la flûte la *Loire* les y avait transportés, depuis quelques jours, avec le commandant de la frégate. Elle avait également mis à terre les troupes de débarquement qu'elle avait à son bord, et qui consistaient en une compagnie de soldats coloniaux. Le commandement du camp fut confié à M. de Fonsain, respectable vieillard, qui y mourut victime de son zèle. Ce qui lui valut cette fatale distinction, ce fut la résolution que prit le gouverneur d'habiter l'île de Gorée, pour être, disait-il, à portée de surveiller le camp et les navires, et sans doute pour ménager sa santé.

Le naufrage de la frégate ayant diminué de beaucoup le nombre de la garnison, et occasionné la perte d'une grande quantité de vivres dont elle était chargée, il fallut expédier un navire pour la France, afin d'obtenir des secours ainsi que de nouveaux ordres, d'après les difficultés survenues de la part du gouverneur anglais. En conséquence, la corvette l'*Écho* mit sous voile le 29 juillet au soir. Elle avait à son bord cinquante trois naufragés, dont trois officiers de marine, le chirurgien-major, l'agent comptable, trois élèves de marine et un chirurgien en sous-ordre. Après trente-cinq jours de traversée, cette corvette mouilla dans la rade de Brest.

Jetons maintenant un coup d'œil sur le nouvel établissement qui rassemblait nos débris sur le Cap-Verd. Un camp y fut assis près d'un village habité par des nègres et nommé Daccard. Les naturels du pays parurent voir avec plaisir les Français s'établir sur cette côte. Peu de jours après, les soldats et les matelots ayant eu quelque mésintelligence, on rappela les derniers, et ils furent distribués sur la flûte la *Loire* et le brick l'*Argus*.

Les hommes que renfermaient le camp furent bientôt assaillis par les maladies du pays. Ils étaient mal nourris, et beaucoup venaient de supporter de longues fatigues. Quelques poissons, du rhum très mauvais, un peu de pain ou de riz, tels étaient leurs vivres: la chasse pourvoyait aussi à leurs besoins; mais les courses qu'ils faisaient pour se procurer du gibier, devenaient souvent de nou-

velles causes de l'altération de leur santé.
Dès les premiers jours de juillet, la mauvaise
saison avait commencé à se faire sentir. Des
maladies cruelles attaquèrent les malheureux
Français. Les deux tiers furent terrassés
par des fièvres putrides ; la marche rapide
de l'invasion de ces fièvres laissait à peine
aux médecins le tems de faire usage du quinquina dont, par un vice d'administration,
les hôpitaux se trouvèrent presque dénués.
Ce fut dans ces circonstances que M. de
Chaumareys vint prendre le commandement du camp. De nouvelles mesures y furent ordonnées, et le quinquina ne fut
plus soustrait des hôpitaux ; mais des dy-
senteries souvent mortelles se répandaient
partout. De tous côtés, ce n'étaient que des
malheureux qui se livraient au désespoir
et qui soupiraient après leur patrie : à peine
pouvait-on trouver du monde pour le service du camp. Ce qu'il y a d'extraordinaire,
c'est que les équipages des navires qui étaient
sur la rade de Gorée, ne se ressentirent presque pas de l'influence de la mauvaise saison.
Il est vrai que ces équipages étaient

mieux nourris, mieux habillés et abrités des injures de l'air, il est d'ailleurs assez constant que cette rade est saine, tandis que les maladies du pays règnent à terre. Telle était la situation du camp de Daccard, lorsque le 20 novembre, le gouverneur français fut autorisé par le gouverneur général des établissemens anglais (M. Macarty) à habiter, sur la côte des expossessions françaises, le lieu qui lui conviendrait le mieux. M. Schmalz choisit Saint-Louis (1).

Pour ne point arrêter la rapidité de la narration des événemens qui suivirent l'échouement de la frégate, et de ceux qui se passèrent sur le radeau, nous n'avons donné qu'un récit très succint de la marche des naufragés dans le désert et de leur arrivée à Saint-Louis. En voici un plus ample détail d'a-

_____

(1) La remise de la colonie n'eut lieu que six mois après notre naufrage. Ce fut le 25 janvier 1817 que nous prîmes possession de nos établissemens de la côte d'Afrique.

près la relation de M. Brédif, ingénieur des mines, et l'un de ceux qui traversèrent le désert.

«Nous continuâmes notre route, dit-il, dans le reste de la journée du 8 juillet; la soif accablait plusieurs d'entre nous. Quelques uns, les yeux hagards, n'attendaient plus que la mort. On creusa dans le sable, mais on n'en tira qu'une eau plus salée que celle de la mer. Un homme but de son urine.

On se décida enfin à passer les dunes de sable qui bordent la mer; on rencontra ensuite une plaine de sable presque aussi basse que l'Océan. Ce sable présentait un peu d'herbe sèche et dure. On creusa un premier trou à trois ou quatre pieds, et l'on trouva une eau blanche et d'une mauvaise odeur. Je la goûte, elle était douce. Je m'écrie : nous sommes sauvés ! et ce mot est répété par toute la caravane qui se réunit autour de cette eau, que chacun avalait des yeux. Cinq ou six autres trous sont bientôt faits, et chacun se gonfle de ce liquide bourbeux. On resta deux heures en cet endroit et on tâcha de manger un peu de biscuit, pour se conserver quelques forces.

Vers le soir, on reprend le bord de la mer. La fraîcheur de la nuit permettait de marcher ; mais la famille Picard qui était au nombre des passagers sur la frégate, ne pouvait nous suivre. On porte les enfans ; pour engager les matelots à les porter tour à tour, nous donnons l'exemple. La position de M. Picard était cruelle ; ses demoiselles et sa femme montrent un grand courage ; elles se mettent en hommes. Après une heure de marche, M. Picard demande qu'on s'arrête ; son ton est celui d'un homme qui ne veut pas être refusé ; on y consent, quoique le moindre retard puisse compromettre la sûreté de tous. Nous nous étendons sur le sable, nous dormons jusqu'à trois heures du matin.

Nous nous remîmes aussitôt en route. Nous étions au 9 juillet. Nous suivons toujours le bord de la mer ; le sable mouillé permet une marche plus facile ; on se repose toutes les demi-heures à cause des dames.

Sur les huit heures du matin, nous entrons un peu dans les terres pour reconnaître quelques Maures qui s'étaient montrés. Nous rencontrons deux ou trois misérables tentes où étaient quelques Mauresses presque toutes nues : elles étaient aussi affreuses et aussi laides que les sables qu'elles habitaient. Elles vinrent à notre secours, nous offrant de l'eau, du lait de chèvre, et du millet, leur seule nourriture. Elles nous eussent paru belles, si c'eût été pour le plaisir de nous obliger. Mais ces êtres rapaces voulaient que nous leur donnassions tout ce que nous avions. Les marins chargés de nos dépouilles, étaient plus heureux que nous autres : un mouchoir leur valait un verre d'eau ou de lait, ou une poignée de millet. Ils avaient plus d'argent que nous, et donnaient des pièces de cinq ou dix francs pour des choses pour lesquelles nous offrions vingt sous. Au reste, ces Mauresses ne connaissaient pas la valeur de l'argent, et livraient plus à celui qui leur donnait deux ou trois petites pièces de dix sous qu'à celui qui leur offrait un écu de six livres. Malheureu-

S

sement nous n'avions pas de monnaie , et je bus plus d'un verre de lait au prix de six livres par verre.

Nous achetâmes plus cher que nous n'eussions acheté de l'or , deux chevreaux qu'on fit bouillir tour à tour dans une petite marmite de fonte qui appartenait aux Mauresses. Nous retirâmes les morceaux à moitié cuits, pour les dévorer comme de véritables sauvages. Les matelots , ces hommes détestables , pour qui nous avions acheté ces chevreaux, laissent à peine la part de leurs officiers , pillent ce qu'ils peuvent et se plaignent encore d'en avoir trop peu. Je ne pus m'empêcher de leur parler comme ils le méritaient. Aussi m'en voulaient-ils, et ils me menacèrent plus d'une fois.

A quatre heures du soir, après avoir passé la grande chaleur du jour sous les tentes dégoûtantes des Mauresses, étendus à côté d'elles , nous entendons crier : *aux armes ! aux armes !* Je n'en avais point : je m'armai d'un grand couteau que j'avais conservé et qui valait bien une épée. Nous avançons vers des Maures et des Nègres qui avaient déjà désarmé plusieurs des nôtres qu'ils avaient trouvés se reposant sur le bord de la mer. On était sur le point de s'égorger, lorsque nous comprimes que ces hommes venaient s'offrir à nous pour nous conduire au Sénégal.

Quelques âmes craintives se défiaient de leurs intentions. Pour moi, ainsi que les plus prudens parmi nous, je pensai qu'il fallait entièrement se confier à des hommes qui se présentaient en petit nombre et se confiaient eux-mêmes à nous, tandis qu'il leur eût été si facile de venir en assez grand nombre pour nous accabler. On le fit et on s'en trouva bien.

Nous partons avec nos Maures qui étaient des gens très bien taillés et superbes dans leur genre. Un nègre, leur esclave, était un des plus beaux hommes que j'aie vus. Son corps, d'un beau noir, était vêtu d'un bel habit bleu, dont on lui avait fait cadeau. Ce costume lui allait à merveille : sa démarche était fière, et son air inspirait la confiance. La défiance de quelques uns d'entre nous qui avaient leurs armes nues,

et la crainte marquée sur le visage d'un certain nombre, le faisaient rire. Il se mettait
au milieu d'eux, et plaçant la pointe des armes sur son estomac, il ouvrait les bras pour
leur faire comprendre qu'il n'avait pas
peur, et qu'ils ne devaient pas non plus le
craindre.

Après avoir marché quelque tems, la nuit
étant venue, nos guides nous conduisirent
un peu dans les terres, derrière les dunes,
où étaient quelques tentes habitées par un
assez grand nombre de Maures. Beaucoup
de gens de notre caravane s'écrient qu'on les
conduit à la mort. Mais nous ne les écoutons
pas, persuadés que de toutes les manières
nous sommes perdus, si les Maures veulent
notre perte; que d'ailleurs ils ont un véri-
table intérêt à nous conduire au Sénégal, et
qu'enfin la confiance est le seul moyen de
salut.

La peur fait que tout le monde nous suit.
Nous trouvons dans le camp, de l'eau, du
lait de chameau et du poisson sec ou plutôt
pourri. Quoique tout cela coûtât l'impossible, nous étions trop heureux de le trouver.

J'achetai, pour dix francs, un de ces poissons qui puait horriblement. Je l'enveloppai
du seul mouchoir que j'avais, pour l'emporter avec moi. Nous n'étions pas surs de trouver toujours si bonne auberge sur la route.

Nous nous couchons dans notre lit accou-
tumé, c'est à dire étendus sur le sable. On
se reposa jusqu'à minuit. On prit quelques
ânes pour la famille Picard et pour quelques
hommes que la fatigue avait mis hors d'état
d'aller plus loin.

J'ai remarqué que les hommes les plus
épuisés de lassitude étaient précisément ceux
qui paraissaient les plus robustes. A leur figure et à leur force apparente, on les aurait
cru infatigables : mais la force morale leur
manquait ; celle-là seule soutient. Pour moi
je fus étonné de supporter aussi bien tant de
fatigues et de privations. Je souffrais, mais
avec courage. Mon estomac, à ma grande
satisfaction, ne souffrait point du tout. J'ai
tout supporté de la même manière jusqu'à
la fin.

Le sommeil seul, mais le plus accablant
des sommeils pensa causer ma perte. C'était

à deux ou trois heures du matin qu'il s'emparait de moi ; je dormais en marchant. Aussitôt qu'on criait : *alte*, je me laissais tomber sur le sable, et je me trouvais dans la plus profonde léthargie. Rien ne m'était plus pénible que d'entendre, au bout d'un quart d'heure : *debout, en route!*

Je fus une fois tellement accablé que je n'entendis rien. Je restai étendu par terre pendant que toute la caravane passait à mes pieds. Elle était déjà très loin, quand un traînard m'aperçut heureusement : il me pousse et me réveille enfin. Sans lui, mon sommeil aurait duré sans doute plusieurs heures. Lorsque je me serais réveillé seul au milieu du désert, le désespoir eût terminé mes souffrances, ou j'aurais été fait esclave par les Maures, ce que je n'aurais pu supporter. Pour éviter ce malheur, je priais un de mes amis de veiller sur moi, et de se charger de me tirer du sommeil à chaque station, ce qu'il fit.

Le 10 juillet, vers les 6 heures du matin, nous marchions sur le bord de la mer, quand nos conducteurs nous prévinrent d'être sur

nos gardes et de prendre nos armes. Je
saisis mon couteau ; on rallie tout le
monde. Le pays était habité par des
Maures pauvres et pillards, qui n'auraient
pas manqué d'attaquer les traineurs. La
précaution était bonne. Quelques Maures
se montrent sur les dunes : leur nombre
augmente, et bientôt surpasse le nôtre.
pour leur en imposer nous nous mîmes en
rang sur une ligne avec les épées et les sabres
en l'air. Ceux qui n'avaient pas d'armes, agitaient les fourreaux, pour faire croire que
nous étions tous armés de fusils. Ils n'approchaient pas : nos conducteurs vont au devant à moitié chemin. Ils laissent un homme
et se retirent : les Maures en font autant de
leur côté. Les deux parlementaires s'entre-
tiennent pendant quelque tems, puis ils re-
viennent chacun à leur troupe. L'explication
fut satisfaisante, et les Maures ne tardent
pas à venir nous trouver sans la moindre
défiance.

Leurs femmes nous apportent du lait
qu'elles nous vendent horriblement cher ;
la rapacité de ces Maures est étonnante :

ils demandent jusqu'à partager le lait qu'ils nous ont vendu.

Cependant nous vîmes une voile qui cinglait vers nous : nous fîmes toutes sortes de signaux pour en être aperçus, et nous fûmes assurés qu'on nous répondait. Notre joie fut vive et bien fondée : c'était le brick l'*Argus*, qui venait à notre secours. Il baisse les voiles et met une embarcation à la mer. Quand elle est près des brisans, un de nos Maures se jette à la nage muni d'un billet qui peignait notre détresse. Le canot prend le Maure à bord, et retourne porter le billet au capitaine. Après une demi-heure, le canot revient chargé d'un gros baril et de deux petits... Lorsqu'il est arrivé à l'endroit où il avait pris le Maure, ce dernier se remet à la nage apportant avec lui la réponse. Elle nous annonce qu'on va mettre à la mer un tonneau de biscuit et de fromage, et deux autres contenant du vin et de l'eau-de-vie.

Une autre nouvelle nous combla de joie : les deux embarcations, qui n'étaient pas échouées comme nous à la côte, étaient

arrivées au Sénégal après avoir essuyé les
tems les plus orageux. Sans perdre un instant, le gouverneur avait expédié l'*Argus*,
et pris toutes les mesures pour secourir les
naufragés, et aller jusqu'à la *Méduse*. De
plus, on avait envoyé par terre des chameaux chargés de vivres, que nous devions
rencontrer. Enfin, les Maures étaient préve-
nus de nous respecter, et de nous porter secours. Tant de bonnes nouvelles nous ren-
dent à la vie, nous donnent un nouveau
courage.

Quand les trois barils annoncés eurent été
abandonnés à la mer, nous les suivions des
yeux : nous craignions que les courans, au
lieu de les amener à la côte, ne les envoyas-
sent au large. Enfin nous ne doutons plus
qu'ils ne s'approchent de nous. Nos nègres
et nos Maures les vont chercher en nageant,
et les poussent vers le rivage où nous nous
en emparons.

Le gros baril fut défoncé ; le biscuit et le
fromage furent distribués. Nous ne voulûmes
pas défoncer ceux de vin et d'eau-de-vie.
Nous appréhendions que les Maures, à une

telle vue, ne pussent se contenir et se préci-
pitassent sur cette proie. Nous marchâmes,
et une demi-lieue plus loin, sur le bord de
la mer nous fîmes un repas des dieux. Nos
forces réparées, nous continuâmes notre
route avec plus d'ardeur.

Vers la fin du jour, le pays change un peu
d'aspect. Les dunes s'abaissent : nous aper-
cevons dans le lointain une surface d'eau ;
nous croyons, et ce n'est pas pour nous une
satisfaction légère, que c'est le Sénégal qui
faisait un coude en cet endroit pour couler
parallèlement à la mer. De ce coude s'é-
chappe le petit ruisseau appelé le Máringot
des maringoins ; pour le passer, un peu plus
haut, nous quittons le bord de la mer. Nous
arrivons dans un endroit où il se trouvait un
peu de verdure et de l'eau : on résolut d'y
rester jusqu'à minuit. A peine y étions-nous,
que nous voyons venir un Anglais et trois
ou quatre marabous (prêtres de ce pays);
ils ont des chameaux : ils sont employés
sans doute par le gouverneur anglais du Sénégal à la recherche des naufragés. On fait
partir aussitôt un des chameaux chargé de

vivres. Ceux qui le conduisent iront , s'il le faut, jusqu'à Portendic réclamer nos compagnons d'infortune , ou au moins en savoir des nouvelles.

L'envoyé anglais a de l'argent pour nous acheter des vivres. Il nous annonce encore trois jours de marche jusqu'au Sénégal. Nous pensions en être plus près. Les plus fatigués sont effrayés de cette grande distance. Nous dormons tous réunis sur le sable. On ne laisse personne s'éloigner, à cause des lions qui, dit-on, étaient dans cette contrée. Cette crainte ne me tourmente guère, et ne m'empêche pas de dormir assez bien.

Le 11 juillet, après avoir marché depuis une heure du matin jusqu'à sept heures, nous venons dans un lieu où l'Anglais comptait trouver un bœuf. Par un malentendu il n'y en avait point ; il fallut se *serrer le ventre*, mais nous eûmes un peu d'eau.

La chaleur était insupportable ; le soleil était déjà brûlant. On fit halte sur le sable blanc des dunes, comme étant plus sain

pour une station que le sable mouillé de
la mer. Mais ce sable était si chaud que les
mains ne pouvaient l'endurer. Vers midi,
le soleil d'à-plomb sur nos têtes, nous tor-
réfiait. Je n'y pus trouver de remède qu'au
moyen d'une plante rampante poussant çà
et là sur ce sable mouvant. D'anciennes
tiges me servent de montant, et par dessus
j'établis mon habit et des feuilles, je mets
ainsi ma tête à l'ombre, le reste du corps
était cuit. Le vent renversa vingt fois mon
léger édifice.

Cependant l'Anglais sur son chameau
était allé à la recherche d'un bœuf. Il ne fut
de retour que sur les quatre ou cinq heures.
Il nous annonça que nous trouverions cet
animal à quelques heures de chemin. Après
une marche des plus pénibles et à la nuit,
nous trouvons en effet un bœuf petit, mais
assez gras. On cherche loin de la mer un
endroit où l'on croyait qu'il y avait une
fontaine. Ce n'était qu'un trou que des
Maures avaient abandonné depuis peu
d'heures. Là nous nous établissons : une
douzaine de feux sont allumés autour de

nous. Un nègre tord le cou à notre bœuf comme nous l'aurions fait à un poulet. En cinq minutes, il est écorché et coupé en parties que nous faisons griller à la pointe des épées ou des sabres. Chacun dévore son morceau.

Après ce léger repas, chacun s'étend à terre, et cherche le sommeil. Pour moi je ne le trouvai pas. Le bruit importun des moustiques, et leurs piqûres cruelles s'y opposèrent, malgré l'extrême besoin que j'en avais.

Le 22, nous nous remîmes en marche à trois heures du matin. J'étais mal disposé, et pour m'achever il fallait cheminer sur le sable mouvant de la pointe de Barbarie. Rien jusque-là n'avait été plus fatiguant : tout le monde se récria : nos guides maures assurèrent que c'était le plus court de deux lieues. Nous préférâmes retourner sur le rivage, et marcher sur le sable que l'eau de la mer rendait ferme. Ce dernier effort fut presque au dessus de mes forces. Je succombais, et, sans mes camarades, je restais sur le sable.

On voulait absolument gagner le point où le fleuve vient rencontrer les dunes. Là des embarcations qui remontaient le fleuve devaient venir nous prendre et nous conduire à Saint-Louis. Près d'arriver à ce lieu, nous franchissons les dunes, et nous jouissons de la vue de ce fleuve tant désiré.

Pour surcroît de bonheur, la saison est celle où l'eau du Sénégal est douce. Nous nous désaltérâmes à souhait. On s'arrête enfin : il n'était que huit heures du matin. Nous n'eûmes d'autre abri pendant toute la journée, que quelques arbres qui m'étaient inconnus et qui portaient un triste feuillage. Je me mis souvent dans le fleuve ; mais sans oser aller au large ; la peur que nous avions des kaïmans nous empêchait de nous éloigner du bord.

Vers les deux heures, arrive une petite embarcation. Le maître demande M. Picard : envoyé par un des anciens amis de celui-ci ; il lui apporte des vivres avec des habits pour sa famille. Il nous annonce à tous, de la part du gouverneur anglais, deux autres embarcations chargées de vivres. Je ne puis, en attendant qu'elles arrivent, rester auprès de la famille Picard. Je ne sais quel mouvement se passait dans mon âme, en voyant couper ce beau pain blanc, et couler ce vin qui m'aurait fait tant de plaisir. A quatre heures, nous pûmes aussi manger du pain ou de bon biscuit, et boire d'excellent vin de Madère que l'on nous prodigua même avec peu de prudence. Nos matelots étaient ivres : ceux même d'entre nous qui usèrent de plus de réserve ou dont les têtes étaient meilleures, étaient au moins fort gais. Aussi que ne dimes-nous pas, en descendant le fleuve, dans nos barques ! Après une courte et heureuse navigation, nous abordâmes à St-Louis vers les sept heures du soir.

Mais que faire? où aller? Telles étaient nos réflexions en mettant pied à terre ! Elles ne furent pas longues. Nous trouvâmes de nos camarades de nos embarcations arrivés avant nous, qui nous conduisirent et nous distribuèrent chez différens particuliers, chez lesquels tout était préparé pour nous bien recevoir. Je me

rappellerai toujours la tendre hospitalité
que nous ont donnée en général les habitans
blancs de Saint-Louis, anglais ou français.
Tous, nous fûmes accueillis; nous eûmes
tous du linge blanc pour changer, de l'eau
pour nous laver les pieds; une table somp-
tueuse nous attendait. Pour moi, je fus
reçu avec plusieurs compagnons de voyage,
chez MM. Durecur et Potin, négocians de
Bordeaux. Tout ce qu'ils possédaient nous
fut prodigué. On me donna du linge, des
habits légers, enfin tout ce qu'il me fallait.
Je n'avais plus rien : Honneur à celui qui
sait aussi bien secourir le malheureux; à
celui surtout qui sait le faire avec autant
de simplicité et si peu d'ostentation que le
faisaient ces messieurs. Il semblait que
c'était un devoir pour eux de secourir tout
le monde. Ils auraient voulu ne rien laisser
aux autres du bien qui était à faire. Des
officiers anglais réclamèrent avec ardeur
le plaisir, disaient-ils, d'avoir quelques
naufragés. Quelques-uns de nous eurent des
lits, d'autres de bons matelas étendus sur
des nattes dont ils se trouvèrent bien. Je

dormis mal cependant ; j'étais trop fatigué et trop agité. Je me croyais toujours ou baloté par les flots ou sur des sables brûlans.

Quelques aperçus sur les Etablissemens français sur la côte d'Afrique.

La partie de la côte, à commencer du Cap-Blanc, jusqu'au bras du fleuve Sénégal, nommé Marigot des Maringouins, est d'une aridité telle, qu'elle n'est propre à aucun genre de culture ; mais depuis ce même Marigot jusqu'à l'embouchure de la Gambie, espace qui peut avoir 100 lieues de longueur, sur une profondeur de plus de 200, on rencontre un vaste pays que les géographes nomment *Sénégambie.*

Cette partie de la mer, connue sous le nom de Golfe-d'Arguin, est remarquable par l'immense quantité de poissons qu'il contient. Ce golfe compris entre les caps Blanc et Mirick et la côte du Sahara ; sur laquelle, outre l'île d'Arguin, jadis occupée, on en voit plusieurs autres à l'embouchure de ce qu'on appelle la rivière Saint-Jean, se trouve comme fermé au couchant dans toute son ouverture, par le banc qui porte son nom. Ce banc qui rompt l'impétuosité des vagues, contribue à en faire comme un lieu de retraite pour les poissons, en même tems qu'il devient ainsi favorable aux pêcheurs. C'est de ce golfe que sortent toutes les salaisons qui font la nourriture des habitans des Canaries, et qu'ils viennent y faire tous les ans au printems, sur des embarcations, avec une telle rapidité, qu'ils mettent rarement plus d'un mois pour compléter leur cargaison.

D'où vient le nom d'Arguin? qui l'a donné à ce golfe? En faisant attention à l'ardeur du soleil qu'on éprouve, et au scintillement des dunes de sables qui en forment les côtes, on ne peut s'empêcher de remarquer qu'*Arguin*, en phénicien, désigne ce qui est *lumineux* ou *brillant*, et qu'en celte, *Guin* signifie ardent.

Quelques divisions de territoire ou de pâturages entre les hordes du désert, a sans doute autrefois fait choisir par les Européens qui désiraient faire la traite de la gomme, la baie dangereuse de Portendic, entourée d'un vaste amphithéâtre de sables brûlans, plutôt que le cap Mirick. Les Trasars d'ouest ne pourraient peut-être s'avancer au nord de cette baie sans querelle avec les autres Maures qui fréquentent le Cap-Blanc. Le cap Mirick paraît toutefois préférable pour ce commerce, soit comme comptoir avec les Maures, soit aussi comme lieu de protection pour les marchands et pour la pêche.

C'est en s'enfonçant un peu dans les terres qu'une immense contrée, riche des dons de la nature, appelle l'industrie européenne et offre les plus heureuses espérances aux cultures coloniales. Le sol y est généralement bon et propre à la culture de toutes les espèces de denrées coloniales. Cet immense pays est arrosé par le Sénégal et la Gambie qui le bornent au nord et au sud; la rivière Falémé le traverse dans la partie de l'est, ainsi que beaucoup d'autres moins considérables, qui retombent ensuite dans les deux principales dont nous venons de parler.

Ces contrées sont habitées par des peuples nombreux, en général doux et hospitaliers

Leurs villages sont en grand nombre ; néanmoins nous n'avons plus que deux établissemens , ceux de Saint-Louis et de Gorée ; les
autres qui étaient au nombre de sept ou huit,
ont été abandonnés.

Saint-Louis, ville dans laquelle siége le
gouvernement général, est située par les
18° 48' 15" de longitude et par les 16° 5' 10"
de latitude. Elle est bâtie sur une petite ile
formée par le fleuve Sénégal; à l'embouchure
de ce fleuve, se trouve une barre, qui est son
plus fort rempart. On peut même assurer
que Saint-Louis deviendrait imprenable, si
quelques fortifications nouvelles étaient élevées sur divers points.

Cette ville n'a du reste rien de bien inté-
ressant ; ses rues sont droites, assez larges ;
les maisons passablement bâties et bien aé-
rées. Son sol est un sable brûlant qui produit
peu de végétaux.

La place d'armes est assez belle; elle est
située en face du château et de ce qu'on appelle le fort et la caserne ; à l'ouest , elle est
bordée d'une batterie de dix ou douze pièces
de 24 et de deux mortiers. A l'est , se trouve

le port où les navires sont très en sûreté. La population de cette ville s'élève à dix mille âmes; les religions catholique et mahométane sont pratiquées dans l'île avec une égale liberté, mais la dernière est celle du plus grand nombre; néanmoins tous les habitans vivent en paix et dans la plus parfaite union.

L'île Saint-Louis, par sa position importante, peut commander sur tout le fleuve, étant placée en tête d'un archipel d'îles assez considérables et fécondes. Le principal des deux bras du fleuve dont la division a formé l'île St-Louis, est situé à l'*est*.

Le bras occidental du fleuve est séparé de la mer par une pointe, nommée *Pointe de Berbérie*. Presque en face du château, et sur cette pointe de Berbérie, est une petite batterie de six pieds au plus, qu'on appelle *Fort de Guétandar*.

La rive gauche du fleuve, qu'on appelle Grande-Terre, est couverte d'une verdure perpétuelle; le sol en est fertile et ne demande que des bras pour le cultiver.

En face et à l'*est* de Saint-Louis, se trouve l'île de Sor, dont l'étendue est d'environ quatre ou cinq lieues de circuit, et qui n'est occupée que par un hameau de nègres; le coton et l'indigo y croissent naturellement. On y trouve aussi, principalement du côté de l'est, des mangliers, des paletuviers, une grande quantité de gommiers ou mimosa, et de superbes baobabs (1),

L'île de Gorée n'est rien par elle-même; cependant sa position lui donne la plus grande importance. Elle est située par les 19° 5' de longitude et par les 14° 40' 10" de latitude, et se trouve à une demi-lieue de la grande terre, à trente-six lieues de l'embouchure du Sénégal. Les îles du Cap-Vert sont à quatre-vingts lieues dans l'*ouest*; c'est cette position qui la rend maîtresse de tout le commerce de ces contrées. Son port est excellent. On évalue à cinq mille

_____

(1) Le *baobab* ou *boabab* (*Adansonia* des naturalistes.) Cet arbre colosse, par l'énorme diamètre auquel il parvient, a mérité le nom d'*éléphant du règne végétal*. Il devient souvent une demeure pour les nègres.

âmes le nombre de ses habitans Son pour-
tour n'est pas de plus de 2,000 mètres. Ce
n'est qu'un rocher fort élevé dont les côtes
sont d'un abord extrêmement difficile
L'amiral d'Estrées s'en empara pour la
première fois vers la fin de 1677. Cette île
n'est éloignée du Cap-Verd que de 2,500
mètres environ; elles est défendue par un
fort et quelques petites batteries en très-
mauvais état, mais elle n'en est pas moins
presque inexpuguable par sa position. Sa
rade est immense ; les vaisseaux y sont en
sûreté et assez bien abrités. A deux lieues de
Gorée, se voit la baie de Ben , qui présente
les plus grandes facilités pour le caréuage
des vaisseaux et toutes les réparations dont
ils pourraient avoir besoin.

L'air de Gorée est frais pendant la soirée,
la nuit et le matin; mais dans le coûrs de la
journée il regne dans l'île une chaleur insupportable produite par la réverbération des
rayons du soleil qui frappent perpendiculai-
rement les basaltes qui l'entourent. En joi-
gnant à cette cause la non circulation de l'air
int errompue par les maisons très resserrées ,

une population considérable dont les rues
sont continuellement remplies et qui est hors
de proportion avec l'étendue de la ville, on
concevra facilement que toutes ces raisons
contribuent puissamment à y concentrer une
chaleur si accablante, qu'à peine y peut-on
respirer en plein midi.

L'île de Gorée peut acquérir la plus grande importance, si le gouvernement veut un
jour établir une puissante colonie, depuis
le Cap-Verd jusqu'à la rivière de Gambie ;
alors cette île deviendrait le boulevart des
établissemens de la côte d'Afrique.

FIN.

IMPRIMERIE DE LOTTIN DE St.-GERMAIN,
rue de Nazareth, n. 2.